KB147545

가이 포크스

컨스피러시

옮긴이 **유지훈** | 글쓴이 **W. 해리슨 아인스워드**

Guy Fawkes: The Conspirators

Published in 2022

by Tunamis Publishing

Copyright © 1840 by William H. Ainsworth

Public Domain. Any part of this publication may be reproduced, stored in a retrieval system, or transmitted in any form or by any means, digital, electronic, mechanical, photocopying, recording, or otherwise, or conveyed via the Internet or a Web site without prior written permission of the publisher.

Inquiries should be addressed to Tunamis Publishing
206 Happiness Bd. 3rd floor, 735, Jeongjo-ro, Paldal-gu, Suwon-si, Gyeonggi-do, South Korea

ISBN: 979-11-90847-18-6 (03840)

"최종 판결은 존경해 마지않는 폐하의 자비와 온유한 성품이 반영될 것이외다. 반역자들이 어느 누구보다 큰 피해를 입혔다손 치더라도 왕께서는 법정 처벌을 가중시킨다거나 여태 없던 고문법을 궁리하지도 않으실 것이며, 죄질에는 어울리지 않을 만큼 평범한 재판과 처벌을 받게 하실 것이오. 대역죄에 해당되는 법정 처벌은 주목할 만한 가치가 있소이다. 반역자는 공정한 재판을 통해 유죄 판결을 받고 나면 감옥에서 처형장으로 끌려갈 자신을 가리켜 더는 지면the face of the earth─인간의 원소인 흙의 표면─을 밟을 가치가 없는 존재라 판단할 것이기 때문이오. 아울러 자연(흙)으로 회귀하므로 말에 묶인 채 뒤로 끌려갈 것이요, 악행을 상상해온 머리는 절단되고 (끝으로) 몸둥이는 넷으로 찢길 것이며 사짓조각은 높은 곳에 달아두어 사람들이 보고 혐오할 것이며 공중의 새가 뜯어먹을 것이요. 심장이 굳은 대역죄인이 의당 치러야 할 대가가 이러한 까닭은 심장에서 썩은 피를 빼내는 것이 국가와 정부의 의술이기 때문이오."

— 화약 테러사건 공모자 재판에 등장한 코크 경의 변

휴스 어머니께
킹스턴 리슬, 버크셔

　지난번 킹스턴 리슬에 잠시 머물렀을 때 제가 탈고를 앞두고 있다는 것을 알고 계셨지요. 그땐 원고에 집중해야 하는 탓에 어머니의 지인과는 제대로 어울리지도 못했습니다. 그런 데다, (그리 답답하진 않았습니다만) 돌아다닐 수 있는 곳이 여의치 않다 보니 어머니가 즐겨 찾는 멋진 언덕에도 동행하질 못했습니다. 형편은 그랬어도 집필 현장이 댁과 무관하지 않다는 사실에 흐뭇해하시니 마음이 좀 놓였습니다. 그래서 어머니의 성함을 비롯하여 선한 마음씨와 도의, 그리고 정에 대해 느낀 진가를 기록하지 않을 수가 없었습니다. 저명한 작가에게서나 찾아볼 수 있을법한 정이랄까요. 어머니의 손길에 밴 관심과 배려를 생각하노라면 감사가 끊이질 않을 것 같습니다.

　모쪼록 이웃에게는 행복을 두루 전하시고, 정이 돈독하여 서신을 주고받는 친지에게는 즐거움과 편달에 늘 기여하며 손자들이 꿈을 이룰 때까지, 고매하고 숭고한 부친의 발자취를(물론 조부의 발자취도!) 밟아가는 모습을 볼 수 있을 때까지 장수하시길 기원합니다.

사랑하고 감사하는 벗
W. 해리슨 아인스워드

해로우 로드, 켄슬 저택에서
1841년 7월 26일

프롤로그

제임스 1세가 통치할 무렵, 로마가톨릭을 억압할 요량으로 도입한 전제군주의 조례는 린가드 박사가 힘찬 필치로 신빙성 있게 서술한 바 있다. 작품의 프롤로그를 장식하는 데 안성맞춤일 듯싶어 아래와 같이 발췌키로 했다. 양심적인 거부자에게 가혹한 처벌법은 부활한 이후 점차 강도가 높아지면서 (필자가 차차 써나갈) 모반으로까지 비화되고 말았다.

"엘리자베스 집권 당시 틀이 잡힌, 포학하고도 잔인한 법은 다시 재정된 후 더욱 가혹해졌다. 이를테면, 영토 내에서는 해외 대학이나 신학교에서 공부한 전적이 있거나 거주한 이력이 있는 사람이나, 앞으로 그럴 계획이 있는 사람은 토지나 연금이나 동산, 채권 혹은 상당한 액수의 돈을 상속·매매할 수 없고 소유권을 행사할 수도 없었다. 신학생은 가정교사로 위장하여 감시를 피했으나 주교의 승인이 떨어지기 전에는 누구도 민간과 공공기관을 막론하고 기초문법조차 가르칠 수 없었다.

"과거에는 관용을 지켜온 왕이었기에 교묘한 언변으로 형벌을 집행하고 보니 성과는 실로 놀라웠다. 왕은 거부자의 과실이라면 치를 떠는 척하긴 했지만 관용을 베풀면 언젠가는 왕명에 복종할 거라는 마음에 당분간은 처형을 삼갔다. 그러나 왕의 기대는 기만을 당하기 일쑤였다. 가톨릭 교도의 항명이 국왕의 자비를 기화로 더욱 강성해지자 그들은 은혜를 베풀 가치가 없다는 판단에 가혹한 법의 심판대에 내몰렸다. 예를 들어 매월(음력) 12파운드씩 추징하던 벌금형이 재개되었는데, 본디 유예기간뿐 아니라 해당 일시에도 꼬박꼬박 벌금을 물어야 했지만 열세 번씩 납부하던 것을 단번에 추징한 터라 중산층 가정도 하루아침에 노숙자로 전락하고 말았다. 이게 끝이 아니었다. 제임스 주변에는 가난한 시골주민이 많았다. 그들은 사치스런 취미를 즐기는가 하면 바라는 것도 많아 요구가 끊일 날이 없었다. 제임스는 아우성치는 측근을 만족시키기 위해 한 가지 방편을 생각해냈다. 좀더 부유한 거부자에게서 탈취한 재산권을 그들 명의로 이전한 것이다. 제임스는 거부자라면 으레 제 이름만으로도 법을 집행할 수 있었기 때문에 그들이 이를 모면하려면 종신연금이나 거액의 자금을 단번에 헌납하는 절충

안에 순응할 수밖에 없었다. 지금이야 상상도 할 수 없겠지만 당시 두 민족은 시기심이 극에 달한 때였다. 왕의 금고에 자금이 들어갈라치면 거부자가 불만을 성토할 법도 했지만 잉글랜드인은 왕 때문에 이방인에게 속절없이 당할 수밖에 없었다. 왕은 스코틀랜드 하인이 사치를 누릴 수 있다면 거부자의 재산을 갈취해서라도 그들을 배려했기 때문이다. 이로써 부정행각에 대한 치욕은 점점 배가되고, 이미 상처받은 감정의 골은 더욱 깊어져 가장 온건한 주민조차도 절망스런 지경에 이르고 말았다." 화약테러 미수사건은 이처럼 개탄스러운 상황을 기화로(과장은 전혀 보태지 않았다) 촉발되었다.

랭캐스터 카운티는 가톨릭 가정이 다수를 차지해왔고 그때만큼 위원회의 소송이 엄격한 적은 없었다. 맨체스터는 거부자가 모두 투옥된 곳으로 '열성파' 신도인 위든 헤이럭은 이를 "애굽(이집트)의 고센 땅(성경 출애굽기에서 이스라엘 백성이 이집트에 머물던 곳—옮긴이)"이라 부르기도 했다. 앞으로 그릴 역사의 초기 무대 역시 맨체스터를 비롯한 주변 마을에 집중되어 있다. 인심이 후한 블루코트 병원 설립자를 서두에 소개한 점을 두고는 사과해야 할까도 싶었지만 이를 계기로 마을주민들의 의식이 되살아나 그에게서 입은 은택을 좀더 생생히 감사할 수 있게 된다면 후회하진 않을 것 같다.

비비아나 래드클리프는 충실하고도 독실한 가톨릭 신도로서 당대 실존했던 인물처럼 묘사하기 위해 노력했다. 야심에 사로잡혀 양심은 묻어둔 케이츠비는 종교라는 허울 속에 계략을 감추려는 인물로, 가넷은 명석하고 믿음직한 예수회 일원으로 그린 반면 가이 포크스는 미신에 미련을 둔 비관적인 인물로 묘사했다. 집필 내내 염두에 둔 원칙 하나는 '감정을 절제하자'는 것이었다.

기존 작품 중 하나를 고의로 그릇 해석하고, 필자의 의도와는 사뭇 다른 의도와 목적을 작품에 끼워 맞춰온 독자라면 『가이 포크스』 또한 정당한 대우는 기대하기 어려울 것이다. 그러나 좀더 넓게 보면 안목이 남다른 덕에 필자를 후원하고 지지해주는 독자도 있으니 그들이라면 너그러운 마음으로 작품의 진가를 공정하게 평가해줄 거라 믿기에 자신감을 갖고 집필에 전념할 생각이다.

형장에 끌려간 가이 포크스

차례

헌정사
프롤로그

3부 컨스피러시

가이 포크스

컨스피러시

경위

가이 포크스가 체포되었다는 사실이 런던타워에 알려지자 수비대('반역자의 관문' 입구에서 경계를 담당해온 무리)를 구성하는 교도관과 군인들은 그가 오기만을 학수고대했다. 배가 런던브리지를 통과하자 성채에 다다를 무렵, 이를 본 부관은 조바심이 났는지 세인트 토머스(혹은 반역자의 탑) 타워의 소형 탑에 있는 조그맣고 둥근 성실청—강이 내려다보이는 곳—으로 이동했다가 이내 서둘러 내려갔다. 그가 하선장에 이르자마자 배는 어두운 아치형 입구를 통과했고 뒤편으로 거대한 하반문이 닫혔다. 담당관이 뭍으로 뛰어내리자 포크스가 한 발짝 한 발짝 찬찬히 힘을 주며 미끄러운 계단을 올랐다. 그가 꼭대기에 이르자 군중이 들이닥쳤다. 이때 윌리엄 와드 경은 물러설 것을 엄중히 명하며 근엄한 시선으로 죄수를 면밀히 응시했다.

"숱한 대역죄인들이 계단에 올랐지만 너처럼 잔혹한 인간은 여태 없었지."

"걱정도 없고 자책도 하지 않는 죄수도 없었을 거요."

"이런 발칙한 놈 같으니라고! 그걸 자랑이라고 말하는가?" 부관이 언성을 높였다. "네 머릿속 신념이 초래할 결과를 볼라치면 그 악랄한 신조가 더 혐오스럽게 보일 뿐이다. 대관절 어느 종교가 신도에게 그런 몹쓸 짓을 촉구하고도 독실한 신자임을 믿으라 한단 말인가!"

"가톨릭은 필요할 땐 어김없이 신도를 자원하는 종교요."

"닥쳐라!" 부관이 고함을 질렀다. "독설viperous tongue을 뿌리째 뽑아버리기 전에!"

그는 담당관에게 고개를 돌려 영장을 요구하고 이를 확인한 후 교도관 중 하나에게 지침을 하달하고는 다시 포크스를 면밀히 살펴보았다. 그는 미동도 하지 않은 채 부관의 눈을 쳐다보았다.

구경꾼 중 일부는 왕에 대한 충성심과 반역에 대한 증오심을 입증이라도 하듯 죄수에게 온갖 욕설을 퍼부었다가 반응이 시원치 않자 이내 분통을 터뜨렸고 어떤 이는 뺨과 옷에 침을 뱉고 흙을 던지는가 하면 창으로 쿡쿡 찌른 사람도 있었다. 교도관이 한눈을 팔았다면 폭행을 당했을 것이다. 그러나 한 사람만은 포크스에게 위로의 말을 건넸다. 그녀는 부모와 함께 현장을 찾은 룻 입그리브였다.

이 아가씨가 전한 몇 마디에 포크스는 그간 욕설을 들었을 때와는 비교할 수 없을 만큼 마음이 크게 요동쳤다. 그는 일언반구 말이 없었으나 입가는 살짝 흔들렸다. 물론 이를 눈치 챈 사람은 거의 없었다. 간수는 딸아이의 행동에 격분했다. 부관의 눈에 거슬리진 않을까 노심초사했기 때문이다.

"애야, 방에 들어가 있거라. 오늘은 네 방에서 절대 나오지 말거라. 여길 데려오는 게 아닌데 ….."

"재스퍼 입그리브, 딸 교육을 어떻게 시킨 건가!" 윌리엄 와드 경이 다그쳤다. "천주쟁이에게 호감을 느끼는 자는 여태 없었다네! 자네가 독실한 개신교인이자 제임스 왕의 충직한 신하라면 여식이 그렇게 처신할 리 있겠는가? 여식 교육도 중요하지만 자네도 조심하게."

"여부가 있겠습니까, 나리." 당혹스러워 하던 재스퍼는 아내에게 조용히 주문했다. "아이를 당장 데려가시게! 내가 퇴근할 때까지 가둬두고 직성이 안 풀리면 매도 들고. 알겠지? 하도 경거망동해서 집 안까지 말아먹을 년이니 …."

입그리브 여사는 딸의 손을 잡고 집으로 갔다. 룻이 죄수를 조금이라도 더 보고 싶어 고개를 돌리자 그와 시선이 마주쳤다. 포크스는 감사의 표정을 지어 보였다. 간수는 딸아이의 행동이 못마땅하다는 것을 보여주고 싶었는지 가이 포크스를 핍박하는 자들의 대열에 합류했다. 얼마 후 군중의 분노가 극에 달하고 말았다. 죄수의 냉정을 뒤흔들 요량으로 상황을 눈감아 주던 부관은 더는 소용이 없을 것 같아 간수를 물러가게 했다. 가이 포크스는 등에 총을 멘

군인 십 수 명의 호위를 받으며 블러디타워 입구를 지나 그린타워와 뷰챔프타워를 통과하여, 성채 1층 공간—지금은 경비대가 식당으로 이용하고 있다—에 있는 널찍한 감방에 투옥되었다. 뒤를 따라온 윌리엄 와드 경은 테이블에 앉아 영장을 읽기 시작했다.

"죄수가 존 존슨이라고? 이름이 정말 존 존슨인가?"

"그렇게 쓴 걸 뻔히 알면서 왜 물으시오? 명시된 이름이 맞소이다. 충분한 답이 되셨소?"
"가당치 않은 소리." 부관이 말을 이었다. "순순히 자백하면 고문은 면할 터인데 그래도 계속 고집을 피울 텐가?"

"고문을 피하고 싶은 생각은 추호도 없소이다. 그래봐야 무엇이 더 밝혀지겠소?"

"일당이 모두 당할 때까지 찬찬히 생각해 보시게나. 너보다 훨씬 용맹한 장수도 고문대 앞에서는 지레 겁을 먹었지 아마?"

포크스는 입을 다문 채 경멸하듯 씩 웃었다.

부관은 작은 감방에 포크스를 투옥시키고는 자결이나 자해를 막기 위해 항시 대기할 두 경비병도 배치하라고 주문했다.

"안심해도 된다오. 순교할 기회는 남겨둘 테니."
이때 한 전령이 솔즈베리 백작의 전갈을 가져왔다. 부관은 봉인을

뜯어 내용을 대충 훑고는 검을 빼들고 포크스에게 다가갔다. 간수
에게는 문 밖에서 대기할 것을 지시했다.

"죄는 극악무도하지만 폐하께서 너그러이 은덕을 베푸시어 목숨
은 살려 주겠다고 하신다. 단, 대역죄에 가담한 자와 일당의 이름을
모두 밝힌다면 말이다."

가이 포크스는 생각에 잠긴 듯했다. 부관은 시간을 벌려는 술수인
줄 알고 조건을 재차 말했다.

"정말 믿어도 되겠소? 그건 어떻게 증명할 거요?"

"약속하면 되는 것 아닌가?"

"맨입으로? 어림도 없는 소리. 왕이 서명한 사면권이 있어야겠소."

"단 조건이 하나 있다. 양심의 가책은 있나 보군. 솔즈베리 백작에
따르면 가톨릭 가문 출신의 주요 인사 중 상당수가 대역죄에 연루
되어 있다고 하네. 그걸 입증만 해줄 수 있다면, 아니 내가 특정하는
사람을 고발할 의지가 있다면 사면은 보장해 주겠다."

"이게 솔즈베리 백작이 전갈을 보낸 목적인가?"
부관은 고개를 끄덕였다.

"어디 한번 봐도 되겠소? 속임수를 쓰고 있는지도 모르니."

"본성이 저열하니 죄다 의심스러울 수밖에. 이제 좀 만족스러운가?"

부관이 전갈을 내밀자 포크스가 이를 낚아챘다.

"허, 뭐라고!" 포크스가 고함을 질러 경비병이 쏜살같이 들어왔다. "당신이 왜 여기까지 왔는지 이제 알아채셨겠구려. 윌리엄 와드 경이 솔즈베리 백작 편에 서서 이 무고한 자들을—가톨릭 신자라는 점을 제외하면 무고한—내가 꾸민 거사에 가담한 죄로 고발하면 목숨을 살려주겠다는 것 아니오? 편지를 잘 읽어보시오. 내가 틀린 소릴 하는지."

포크스는 그들에게 편지를 던졌다. 간수가 부관에게 이를 전달했을 뿐 동요한 사람은 하나도 없었다.

"상대가 누군지 이제 알게 될 거요." 포크스가 다그쳤다.

"그걸 누가 모르겠는가. 하지만 감방 벽처럼 굽힐 줄 모른다면 고집을 꺾는 수밖에."

"지체하지 않기를 바랄 뿐이오."

"조금만 참으시게." 와드가 응수했다. "조급해 하는 성미마저 어찌할 생각은 없네. 오히려 그래 주면 더 고맙고 ⋯."

와드는 현장을 떠나 숙소로 돌아가자마자 백작에게 보낼 서한을 썼다. 그간의 자초지종을 기록하며 혹시라도 사실을 추궁하다 죄수가 사망하면 저에게 불똥이 튈지 몰라 고문영장을 청구했다. 약 두 시간 후 전령이 영장을 들고 돌아왔다. 왕의 친필로 된 영장에는 취조 목록도 담겨 있었다. 목록의 끝은 "약한 고문부터 '단계에 맞춰 실시하라et sic per gradus ad ima tenditur' 그러면 하느님이 네 선한 일에 속도를 붙이시리라"는 주문이었다.

무기를 갖춘 부관은 결과에 연연하지 않겠다는 일념으로 재스퍼 입그리브를 호출했다.

"골칫거리가 들어왔군." 간수가 나타나자 부관이 운을 뗐다. "하지만 계속 고집을 피우면 어떤 고문도 가당하다는 폐하의 친서를 받았네. 무엇부터 시작하면 좋겠는가?"

"나리, 괜찮으시다면 스캐빈저의 딸*과 리틀 이즈*는 어떠신지요? 그래도 불지 않으면 건틀릿(장수갑)과 고문대를 써보시고 마지막에는 쥐와 화석火石이 들끓는 지하감옥으로 보내시지요."

* 스캐빈저의 딸Scavenger's Daughter_16세기에 영국에서 발명된 고문 기구로 머리를 무릎에 대 몸을 꺾고 귀나 코에서 피가 나오도록 죄는 것

* 리틀 이즈Little Ease, 런던타워 내 화이트타워 밑에 있는 좁은 감방

"괜찮은 생각이군." 부관의 입가에 미소가 돌았다. "고문실에 가봐야겠네. 죄수를 냉큼 데려오게. 뷰챔프타워에 있을걸세."

입그리브는 예의를 갖추고 나왔다. 부관은 햇불을 든 수행원을

대동하여 벨타워로 연결되는 좁은 통로를 지나갔다. 비밀 문을 열고 돌계단을 내려가서는 복잡다단한 통로를 지나 입구 앞에 섰다. 웬만해서는 끄덕도 하지 않을 성싶었다. 문을 옆으로 밀어젖히고 입그리브에게 말해둔 방에 들어갔다. 이 음침한 공간은 이미 밝힌 그대로였다. 비비아나의 평정심이 무너질 정도로 섬뜩한 곳이다. 검은 제복을 걸친 두 관리가 갖가지 철제기구를 닦고 있었다. 옆 테이블에 앉아 있던 의무관은 동제 램프의 빛으로 무언가를 읽고 있었다. 부관을 보자 벌떡 일어나서는 다른 관리와 함께 죄수를 맞으려 채비하기 시작했다. 이 둘은 가운에 딸린 큼지막한 후드를 당겨 얼굴을 가렸다. 그러고 보니 외모가 훨씬 더 암울해 보였다. 둘 중 하나가 커다란 철 고리를 아래로 당겨 중앙 입구를 열어 두었다. 준비를 마치기가 무섭게 포크스와 수행원의 발자국 소리가 들려왔다. 재스퍼 입그리브는 그들을 고문실로 인도한 뒤 문을 잠갔다. 모든 절차가 숙의로 진행된 탓에 인상이 깊이 남았다. 지나치게 서두르는 관리는 없었다. 그들은 귓속말로만 의사를 전달한 까닭에 유령이나 악마라는 착각을 불러일으켰을지도 모르겠다. 가이 포크스는 저들의 언동을 유심히 지켜보았다. 마침내 재스퍼 입그리브가 준비를 마쳤다는 신호를 보냈다.

"바라던 대로 용기를 시험해 볼 절호의 기회가 왔군." 부관이 포크스를 조롱했다.

"뭘 어찌해야 하는 거요?"

"더블릿을 벗고 엎드리시오." 입그리브가 거들었다.

가이 포크스는 바짝 엎드린 채 성모 마리아에게 드리는 기도문을 암송하기 시작했다.

"입 다물지 못해!" 부관이 윽박질렀다. "재갈을 물려야겠나."

입그리브는 무릎으로 죄수의 어깨를 짓누른 채 두 다리 아래로 후프를 넣고는 수행원과 함께 쇠단추로 후프를 고정시켰다. 죄수는 몸뚱이와 사지가 서로 밀착되어 숨조차 쉬기 어려웠다. 포크스는 한시간 반 동안 자세를 유지했다. 의무관이 살펴보니 입과 코에서 다량의 피가 터졌고 손발 끝에서도 혈흔이 발견되었다.

"이쯤에서 중단해야 합니다." 의무관이 부관에게 귀띔했다. "계속했다간 주검이 될지도 모릅니다."

포크스는 후프를 제거할 때 가장 큰 고통을 느꼈다. 통증을 숨기기 위해 안간힘을 썼지만 온몸에 경련이 일고 핏기가 없던 살갗에 혈색이 돌며 호흡이 정상화되자 되레 극심한 통증이 찾아왔다.

의무관이 포크스의 관자놀이를 식초로 씻자 관리들이 팔다리를 닦고 그를 의자에 앉혔다.

"영장을 보면 '수위가 낮은 고문'부터 점차 강도를 높이라고 되어있네." 부관은 진중한 어조로 말했다. "수위가 낮은 고문은 이미 체감했을 테니 최악도 어느 정도는 감이 잡히겠지? 그런데도 계속 고집을 피울 텐가?"

"마음이 달라지진 않았소만." 포크스는 목이 쉬었지만 의지는 결연했다.

"리틀 이즈로 데려가 밤새 가둬두라. 취조는 내일 계속하겠다."

포크스는 입그리브와 관리들에 이끌려 좁은 통로를 따라갔다. 얼마 후 쇠창살이 달린 입구에 이르렀다. 문이 열려 있던 터라 좁디좁은 감방이 드러났다. 높이는 4피트(1미터 20센티미터) 정도요, 폭과 깊이는 몇 인치 남짓 되었다. 입그리브 일행은 키가 크고 건장한 장정이 들어가기에는 터무니없이 좁은 공간 속으로 포크스를 간신히 밀어 넣고 문을 잠갔다.

비참한 처지에 놓인 그는 고개를 떨어뜨렸다. 감방이 너무도 협소하여 앉을 수도, 몸을 완전히 젖힐 수도 없었다. 가이 포크스는 장시간 열심히 기도했다. 한동안 시달렸던 불안증이 더는 괴롭지 않았다. 거사의 성공을 기대할 때보다 쓸쓸한 작금의 상황이 더 행복했다.

'못해도 순교의 왕관은 이미 따 놓은 당상이니 어떤 환난도 금세 사라질 거야. 앞으로는 환희를 누리게 될 테니.'

지칠 대로 지친 탓에 결국 그는 졸기—잠이라고 하기에는 어폐가 있다—시작했다. 비몽사몽간에 환상이 보였다. 세인트 위니프레드가 감방을 찾아온 것이다. 입구에 손을 대자 문이 덜컹 열렸고 안수한 팔다리의 통증은 홀연히 사그라졌다.

"고통이 곧 끝이 나면 안식할 터이니 주저하지 말고 자백하세요. 침묵은 동지뿐 아니라 자신에게도 도움이 안 되니까요." 환상이 사라진 후 포크스가 잠에서 깼다. 위니프레드가 상상력의 산물이었는지, 건장한 정신력이 고문의 진통을 떨쳐버린 결과였는지는 판단할 수 없지만 어쨌든 세인트 위니프레드가 찾아온 뒤로 기력이 회복되었다는 것은 분명한 사실이었다. 때문에 포크스는 그녀에게 감사의 기도를 올렸다. 마침 낭랑한 목소리가 쇠창살 가에서 나지막하게 들리기 시작했다. 너무 어두워 식별은 불가능했다. 자비로운 성인이 다시 찾아왔나 싶었다.

"저기요, 제 말 들리시나요?"

"그렇소, 축복 받은 위니프레드 님이 다시 오신 것이오?"

"오, 그럴 리가요! 저는 한낱 인간에 불과한 걸요. 전 룻 입그리브라고 해요. 간수 아저씨의 딸이죠. 오늘 '반역자의 관문'에서 몇 마디 건넨 적이 있는데 혹시 기억하시려나 모르겠네요. 그래서 아버지한테 혼이 났지요. 저는 믿으셔도 돼요. 비비아나 래드클리프 부인이 탈출하실 때 저도 거들었거든요."

"오, 이럴 수가!" 가이 포크스는 가슴이 뭉클해졌다.

"부인과는 허물이 거의 없는 사이랄까요." 룻이 말을 이었다. "제가 잘못 알고 있는 게 아니라면 아저씨는 비비아나 님이 가장 선망하는 분이겠지요."

포크스는 신음을 억누르지 못했다.

"가이 포크스 님이시죠? 전 신경 쓰지 마세요. 비비아나 부인을 위해 목숨을 걸었듯이 아저씨를 위해서도 그럴 거니까요."

"아무것도 감추지 않으리다. 내 이름은 가이 포크스가 맞소. 비비아나의 남편으로서—내가 남편이니—아내를 도와준 아가씨에게 감사할 따름이오. 아내는 아가씨를 사지로 몰아넣었다며 심히 자책했지요. 헌데 감방은 어떻게 나왔소?"

"저는 부모님이 시시때때로 감시를 하시거든요. 비비아나 님이 창문으로 탈출했다고 신고해준 덕분에 처벌은 면했지요. 근데 부인은 어디 계신가요?"

"안전한 곳에 있으리라 믿소. 오호라! 이젠 아내를 더는 못 볼 것 같구려."

"낙심하기엔 아직 일러요. 아저씨가 탈출할 수 있도록 어떻게든 애써볼게요. 성공할 가능성은 낮지만 그렇다고 기회가 아주 없는 건 아니니까요."

"탈출은 바라지도 않소. 인생의 목적이 끝이 났으니 이젠 죽어도 여한이 없소이다."

"뭐라 해도 구해낼 거라고요. 전 아저씨가 비비아나 부인과 행복한 인생을 누리실 거라 믿어요. 고통스럽더라도 누군가는 아저씨를 지켜보고 있으니 안심하세요. 아쉽지만 더는 못 있을 것 같네요. 불시에 누가 찾아올지 모르거든요. 그럼 안녕히 계세요!"

룻은 현장을 떠났다. 가이 포크스는 룻과의 대화를 밤새 떠올리며 위안을 얻었다.

이튿날 아침, 재스퍼 입그리브가 거칠거칠한 빵 한 덩이와 구정물 한 병을 포크스 앞에 두었다. 그는 빈약하나마 끼니를 때웠다. 그제야 감방을 떠난 입그리브는 2시간 후에 군인 일행과 함께 다시 돌아왔다. 그는 포크스를 고문실로 인도했다. 일찌감치 자리를 잡고 앉아 있던 윌리엄 와드 경은 혹시라도 생각이 달라지진 않았는지 물었다. 포크스가 묵묵부답으로 일관하자 결국 그는 수갑대로 끌려갔다. 포크스는 다섯 시간을 들보에 매달려 엄청난 고통을 감내해야 했다. 손가락이 으스러지고 찢겨 움직일 수조차 없었다.

포크스는 끌어내린 후에도 자백을 거부했다. 이번에는 오금이 저릴 만한 구덩이로 끌려갔다. 템즈강에 인접한 곳으로 혐오스런 녀석들이 들끓던 터라 "들쥐 소굴"로 통했다. 폭과 깊이는 각각 20피트(6미터)와 12피트(3.6미터) 정도 되었고 만조 때는 수심이 대개 2피트(60센티미터)는 족히 넘었다.

수행원들은 포크스를 무시무시한 구덩이 속으로 내려 보냈다. 자칫 죽을 수도 있다는 언질과 함께 칠흑 같은 어둠 속에 남겨둔 것이다. 이때만 해도 구덩이에는 물이 없었으나 한 시간 남짓 되고 나니 부글부글거리며 물거품이 일고 쉿쉿하는 소리가 들리기 시작했다. 물이 차오르고 있다는 방증이었다. 첨벙거리는 소리도 잦은지라 가까운 곳에 쥐떼가 모여들고 있다는 것을 알 수 있었다. 몸을 굽히니 물에 득실거리는 쥐가 느껴졌다. 사방에 쥐가 온통 들끓고 있으니 지체 없이 먹잇감을 물어뜯을 성싶었다. 섬뜩한 죽음을 맞이할지 모른다는 생각에 사지가 후들후들 떨렸다.

이때 갑자기 빛줄기가 쏟아졌다. 포크스는 전율했다. 구덩이 가장자리에서 등을 들고 있는 한 여인의 형체가 시야에 들어왔다. 전날밤에 찾아온 여인일 거라는 데는 의심할 여지가 없었다. 포크스가 그녀를 부르자 롯 입그리브의 음성이 들려왔다.

"시간이 많진 않아요. 아버지가 절 의심하고는 있지만 그렇다고 아저씨를 죽게 내버려둘 순 없잖아요. 등은 두고 갈게요. 빛 근처에는 쥐가 얼씬도 하지 못할 거예요. 등불은 물이 빠질 때 끄세요."

롯은 스카프를 가닥가닥 찢어 묶은 후 등을 내렸다. 그러고는 고맙다는 인사도 받지 않고 홀연히 떠나버렸다.

가이 포크스는 혐오스런 쥐떼의 공격에 맞서 자신을 최대한 방어했다. 빛을 비추자 쥐가 우글우글했고 구덩이 양측으로 수백 마리씩 기어오르며 총공격을 준비하고 있었다.

애당초 겨룰 마음이 없던 터라 녀석들을 가만히 두려 했지만 막상 더러운 쥐들이 몸에 달라붙자 생각이 바뀌었다. 포크스는 본능적으로 쥐를 쫓아냈다. 물론 호락호락 물러갈 놈들이 아닌지라 내몰리는 족족 더욱더 거세게 몰려왔다. 자신을 보호해야 한다는 욕구가 여느 때보다 간절해졌고 산 채로 뜯긴다는 두려움으로 성치 않은 팔다리에 힘이 솟구치기 시작했다. 구덩이 반대편으로 달음질하자 목숨을 끝장내려는 쥐들이 떼를 지어 달려들었다. 날카로운 이빨에 온몸이 수천 군데나 물어 뜯겼다.

난투극은 한동안 계속되었다. 구덩이 주변으로 피하려 해도 녀석들은 추격을 멈추지 않았다. 결국에는 기력이 다해 쓰러졌고 등불마저 꺼지자 무리가 그를 향해 돌진했다.

그간의 상황을 돌이켜 보자니 울컥하는 감정을 억누를 길이 없었다. 절규를 터뜨리려던 찰나에 횃불을 든 흐릿한 형체가 구덩이 끝자락에 나타났다. 포크스가 알아본 윌리엄 와드 경은 자백하면 풀어주겠다는 조건을 재차 언급했다.

"차라리 죽는 편이 낫겠소. 더는 버틸 생각도 없소이다. 그럼 당신의 악랄한 계략과도 작별이겠구려."

"그래서야 되겠나." 부관이 재스퍼 입그리브에게 고개를 돌렸다. "여기서 죽으면 솔즈베리 백작이 날 가만두지 않을걸세."

"나리, 그렇담 지체할 시간이 없습니다요. 식욕이 왕성해 여차하면 먹어치울 게 뻔하니까요. 엄청 사나워서 저 역시 부딪치고 싶지 않은 놈들입죠."

간수와 두 관리가 사다리를 타고 내려왔다. 때가 늦진 않았다. 저항을 포기한 포크스를 쥐가 매섭게 물어뜯고 있던 터라 입그리브가 제때 개입하지 않았다면 포크스의 말은 현실이 되었을 것이다.

구덩이에서 꺼내자마자 그는 탈진과 출혈로 실신하고 말았다. 정신을 차리고 보니 고문실 침상에 사지가 묶여 있었고 의무관과 재스퍼 입그리브가 그를 지키고 서 있었다. 걸쭉한 수프와 강장제를 들이키자 기력이 회복되어 대화가 가능해졌다. 부관이 다시 찾아와 전처럼 취조를 이어갔다. 대답도 대동소이했다.

당일과 이튿날, 포크스는 간격을 두고 고문을 당했다. 그간 불굴의 의지로 감내해온 고문보다 더 고통스러웠다. 무엇보다도 고문대는 막강한 위력으로 관절이 탈구되고 사지가 찢기는 듯했다.

나흘째 되는 날에는 좀더 음침한 곳으로 끌려갔다. 첫 고문실만큼이나 섬뜩했다. 석조 천정은 아치형이었고 맨 끝자락에는 깊은 공간이 입을 떡하니 벌리고 있었다. 그 안을 차지한 작은 아궁이에는 언제든 불을 붙일 수 있도록 땔감을 구비해 두었다. 아궁이 위로 큼지막한 검은 깃발이 놓여 있고 양 끝단에는 튼실한 가죽끈이 달려 있었다. 포크스는 부관의 형식적인 취조가 끝나는 대로 옷을 벗겨 깃발에 묶어 두었다. 이때 아궁이에 불을 붙이자 돌이 후끈 달아올랐다. 가련한 사내는 몸부림치다 극도의 고통을 호소했고 신음소리가 멎고 나면 집행관은 그를 풀어주어야 했다.

특히 오늘은 코빼기 하나 비친 적이 없던 두 인물도 참관했다. 커다란 망토를 걸친 이들은 고문 내내 초연한 표정으로 서 있었다. 윌리엄 와드 경은 이 둘을 깍듯이 예우하며 고문의 강도에 대해 소견을 묻기도 했다. 고문이 중단되자 둘 중 하나가 포크스에게 다가와서는 호기심 어린 눈으로 그를 응시했다.

이마 위로 땀방울이 송골송골 맺혀 있던 가이 포크스는 고함을 질렀다. "왕이 납시었구려!" 그는 과중한 고통으로 의식을 잃고 쓰러졌다.

"이 반역자가 폐하를 알고 있었나 봅니다." 부관이 말했다. "아시다시피 어지간한 고문으로는 절대 이실직고하는 법이 없더이다."

"그런 모양이군. 참으로 실망스럽구려. 저 놈의 입에서 테러 음모의 전말을 들을 거라 믿었는데 말이오. 의사 양반, 고문은 얼마나 더 견디겠소?" 제임스 왕이 물었다.

"폐하, 며칠 쉬지 않으면 생명이 위태로울 수 있습니다."

"고문을 계속할 필요는 없을 듯합니다." 솔즈베리가 끼어들었다. "주동자들 이름은 모두 확보해 두었으니 더는 함구해 봐야 소용이 없다는 걸 깨닫는다면 죄수도 생각이 달라질 것입니다. 내일이면 폐하께서 지명하신 심문위원이 부관의 숙소에서 그를 취조할 터인데 목숨을 걸고라도 만족스러운 결과를 보고 드리겠습니다."

"됐소. 눈을 뜨고 지켜보는 것만으로도 오금이 저렸소만 지금이 아니더라도 언제든 발각되었을 것이오. 헌데 저 악인의 결의를 볼라치면 하느님께 더더욱 감사하게 되더이다. 신께서 무자비한 테러를 친히 막아주셨으니 말이오. 화약 테러 음모에서 구원을 받은 날은 교회에서 성일로 지킵시다. 하느님의 놀라우신 구원에 감사해야 하지 않겠소.”

“폐하께서 현명히 처신하시리라 믿습니다.” 솔즈베리가 소견을 밝혔다. “포고령을 내리신다면 백성은 천주쟁이와 반역자를—한통속이므로—두려워하고 그들을 더욱 적대할 것입니다. 대역을 공모한 오합지졸을 시범사례로 능지처참한다면 다른 일당도 무모한 짓을 멈출 터이요. 저들은 오명을 쓴 채 세상을 떠나고 이름은 영원히 저주를 받을 것이외다.”

“그렇게 하시오. 법조계에 이런 금언이 있다지요. ‘크레센테 말리티아, 크레세레 데뷔트 에트 포에나(죄가 늘면 처벌도 늘어야 마땅하다)’라고 말이오.” 제임스가 말을 이었다.

얼마 후 고문실을 나온 그는 수행원과 함께 지하통로를 지나 바이워드타워 근방의 도개교를 건너 부두에서 기다리는 바지선을 타고 화이트홀로 돌아왔다.

이튿날 이른 아침, 심문위원단이 부관의 숙소 2층에 마련된 대실 large room에—훗날에는 용도를 감안해 ‘회의실’로 굳어졌다—모였다. 대리석 조각이 벽에 붙어 있었다. 사건을 기념하기 위해 제작된 것으로 오늘날에도 볼 수 있을 듯하다. 위원단은 총 아홉 명으로 솔즈베리 백작을 비롯하여 노샘프턴과 노팅엄, 서포크, 우스터, 데 번, 마르, 던바 및 존 포팜 경과 아울러 법무총재인 에드워드 코크 와 윌리엄 와드 경이 가세했다.

오늘날 심문 장소는 널찍했으나 당시에는 훨씬 더 크고 높았다. 벽은 짙은 광택의 떡갈나무 판자를 댔고 태피스트리나 그림 장식을 꾸민 곳도 더러 있었다. 굴뚝 위에는 고인이 된 엘리자베스의 초상화 가 걸려 있었다. 위원단은 큼지막한 떡갈나무 테이블에 둘러앉아 협 의를 거친 후 죄수를 들이기로 했다.

윌리엄 와드 경이 톱클리프—여섯 명의 무장군인과 대기 중이었 다—에게 손짓하자 판자가 좌측으로 열리며 그리로 가이 포크스 가 들어왔다. 그는 톱클리프와 입그리브의 부축을 받았다. 운신하 는 것만도 치가 떨리는 고역이었다. 너무도 혹독한 고문을 당한 터 라 이목구비는 날렵해졌고 낯빛은 유령처럼 창백해졌으며 눈은 움 푹 파인 채 벌겋게 충혈 돼 있었다. 커다란 망토가 만신창이와 불구 가 된 사지를 가렸지만 구부정한 어깨와 불편해 보이는 거동은 그 간의 고통을 대변해주는 듯했다.

솔즈베리가 보이자 핼쑥한 뺨에 홍조가 올라오고 평소처럼 눈이 이글거렸다. 똑바로 서고자 했으나 팔다리가 말을 듣지 않았다. 거 동하는 데 엄청난 통증을 느껴 다시 수행원의 팔에 안겼다. 포크스 는 앞으로 끌려나와 취조를 받았다. 이때 솔즈베리 경은 반역죄의 위험성과 죄질을 과장하며 그가 치를 대가는 자신의 모든 죄를 자 백하고 동지의 이름을 밝히는 것뿐이라고 주장했다.

"내 자신은 아무것도 숨기지 않겠지만 동지라면 밝힐 게 없소이다."

백작은 심문 내용을 상세히 적고 있던 에드워드 코크 경을 힐끗 쳐다보았다.

"지금까지 신분을 속였는데 본명은 무엇인가?"

"가이 포크스요."

"죄는 인정하는가?"

"의사당에 모인 왕과 귀족을—종교가 있든 없든—화약으로 전부 날려버리려 했던 건 인정하외다."

"최근 발각된 지하실에 화약을 두었는가?"

포크스는 고개를 끄덕였다.

"천주쟁인가?" 백작이 심문을 이었다.

"로마 교회의 성도요."

"극악무도한 계략을 장하고 의로운 것으로 포장했지? 당신이 표방하는 종교의 교리와도 일치해 그걸 타당하다 본 것인가?"

"그렇소. 하지만 하느님이 인정하지 않은 계획이라 손을 댄 것이 후회스러울 따름이외다."

"헌데 왜 한 가지 대가는 치르려 하지 않는가? 일당도 순순히 밝히시지!"

"저들을 배신할 순 없소이다."

"반역자가 감히 어느 안전이라고! 그래봐야 소용없다. 일당은 이미 꿰고 있으니까. 역적 놈들은 자신을 배신한 것이나 진배없지. 폐하를 상대로 공공연히 무장봉기를 일으켰지만 이미 막강한 병력을 급파했으니 당장 생포되지 않더라도 수일 안에는 런던타워에 갇힐 것이다."

"그렇다면 더는 캐려들지 말고 확보했다는 명단을 일러주시구려."

"그러지. 혹시라도 누락된 자가 있다면 이실직고해야 할 것이야. 우선 로버트 케이츠비는 극악무도한 음모의 주동자이고, 예수회 수도원장인 가넷 신부와 예수회 사제인 올드콘 신부, 에버라드 딕비 경, 토머스 윈터와 로버트 윈터, 존 라이트와 크리스토퍼 라이트, 앰브로스 룩우드, 토머스 퍼시, 존 그랜트, 그리고 로버트 키스, 이상이다."

"그게 다요?"

"우리가 입수한 명단은 여기까지다."

"그렇다면 프랜시스 트레샴과 그의 매형인 몬티글 경도 추가해야겠구려. 두 인물 모두 공모에 내밀히 관여하고 있었으니 말이오."

"아, 이제 떠오르는군." 살짝 당황한 기색으로 말을 돌렸다. "오드설 성의 비비아나 래드클리프도 있었지. 듣자하니 에핑 포레스트 근방에 있는 화이트웹스에서 혼인식을 올렸다던데 … 아내도 테러 음모를 알고 있었다지? 잡히면 너처럼 옥고를 치르겠군."

포크스는 신음을 억누르지 못했다.

솔즈베리는 심문을 이어갔다. 하지만 무기력해가는 몰골로 보아 계속 끌었다간 실신할 것이 불 보듯 뻔했다. 때문에 백작은 에드워드 코크 경이 적은 소송기록에 서명할 것을 주문하고는 그를 의자에 앉혔다. 펜이 주어졌으나 손가락이 떨려 한동안은 이를 쥘 수 없었다. 마침내 포크스는 극심한 통증을 어렵사리 감내하며 끼적끼적 세례명을 썼다.

가이 포크스 이름

성을 적으려 안간힘을 쓰던 차에 펜이 손에서 떨어졌다. 그는 인사불성이 되었다.

비비아나와의 갈등

비비아나는 정신을 차리자마자 가넷을 찾았다. 방에 홀로 있다는 말에 그리로 갔다. 신부는 불안한 듯 주변을 서성거렸다.

"자매님, 혹시라도 위로를 받으러 왔다면 지금은 때가 아닌 듯합니다. 거사에 큰 문제가 생겨 나 역시 경황이 없으니 말이오. 돌발 사태에 대비는 하려 했지만 어떻게 손을 써야 할지 엄두가 나질 않는군요."

기소장에 서명하는 가이 포크스

"신부님의 형편이 그럴진대, 끔찍한 재앙을 감당하고 있을 제 남편의 심정은 어떨까요? 신부님은 구속된 상태가 아니니 마음만 먹으면 적어도 목숨은 부지할 수 있잖아요. 하지만 그이는 런던타워에 갇혀 숱한 고초를 겪고 있는 데다 기껏 죽을 날만 기다리고 있을 텐데 도대체 무엇 때문에 경황이 없으시다는 건가요?"

"말씀을 듣고 보니 마음이 한결 가벼워지는구려. 불평할 게 없는데도 가당찮게 나만 생각한 것 같습니다. 그동안 나약한 생각에 매몰되어 있었는데 이를 떨치게 해줘 정말 고맙소이다."

"신부님은 그릇된 희망을 품고 사셨지만 전 무엇에도 집착한 적이 없어요. 아니, 오히려 제가 바라는 것이 모두 이루어졌달까요. 남편의 머릿속을 가득 메웠을 죄악이 미수에 그쳤으니 그이가 구원을 받을 수 있다는 희망이 더 굳어졌지요. 감히 조언을 드리자면 자수하시고 처형대에 오르셔서 죄를 씻어 버리세요. 저는 그럴 작정이에요. 본의 아니게 거사에 결탁하게 되었지만 이를 반대하면서도 신고하지 않았으니 저 역시 주동자와 다르지 않은 죄인일 뿐이지요. 처벌을 피할 생각은 추호도 없습니다. 죽음이 절 거두어 주지 않은 탓에 고난과 번민 속에서 가시밭길 인생을 살아왔습니다만 내세의 분깃에는 복이 있으리라 믿어 봅니다."

"자매님, 나도 그렇게 믿소이다. 비록 거사에 대해서는 부인의 소견과 달리 정당하다 생각하지만 부인의 행동은 아무리 극찬을 해도 모자랄 듯하외다. 게다가 헌신과 희생정신 또한 가히 견줄 이가 없으나 극악무도한 원수에게 순순히 투항하겠다면 저로서는 어떻게

든 막을 수밖에 없습니다. 부인이 저들의 손아귀에 있다는 사실을 한다면 남편은 고통을 견뎌낼 수 없을 겁니다. 포크스는 성정이 의연한 데다 뜻을 굽힐 줄 모르니 자신이 거사의 의인이라는 신념만으로도 행복하게 세상을 하직할 것입니다. 우릴 박해하는 이교도인이야 이름을 능욕하겠지만 참 신앙인들은 모두가 그를 존경하리라 믿습니다. 자매님, 검문이 중단될 때까지 피신해 있으시고 남편의 영혼이 안식할 수 있도록 평생 기도하며 사십시오."

"남편의 회개를 위해 기도할 거예요. 판관에게 구할 단 한 가지 소원이 있다면 그이가 회개할 기회겠지요."

"자매님, 호락호락하게 볼 일이 아닙니다. 그러면 남편에게 도움이 되기는커녕 부인만 죽고 말 겁니다. 부인 눈에는 남편에게 과실이 있다손 치더라도, 인간의 마음을 판단하시고 그 안에 소욕을 심어주시는 전능하신 하느님은 가이 포크스가 (지혜로우나 불가사의한 목적을 위해) 양심의 명령에 순응했고 거사를 통해 진정한 신앙이 회복되리라 확신했다는 사실을 잘 알고 계십니다. 그러니 안심하십시오. 계획이 틀어진 것은 그가—아울러 우리 모두가—주의 뜻을 오해했었다는 방증이외다. 수단이 탐탁지 않았을 뿐, 포크스가 정직하지 않았다는 뜻은 아니니까요."

"신부님, 이런 논쟁은 아무런 의미가 없습니다. 남편의 영혼이 구원을 받을 수 있다면 뭐든 할 생각이거든요. 결과야 어떻든 법의 심판을 받겠어요."

"자매님, 그렇다면 애써 회유하진 않겠소이다만 마음이 쓰이는구려. 하지만 결단에 앞서 하느님께서 친히 인도해 주십사고 함께 기도합시다."

비비아나는 신부와 더불어 은으로 만든 작은 성모 마리아상—벽 틈새에 세워졌다—앞에 무릎을 꿇었다. 둘은 오랫동안 간절히 기도했다. 먼저 기도를 마친 가넷은 고개를 든 비비아나의 얼굴과 시울을 적신 눈을 지그시 바라보았다. 감동과 연민으로 가슴이 미어졌다.

이때 문이 열리며 케이츠비와 에버라드 딕비 경이 들어왔다. 비비아나는 기척을 듣자마자 서둘러 일어났다.

"워낙 촌각을 다투는 위급한 일인지라 중단하려면 명분이 있어야 하지요. 지금은 자리를 지켜야 할 때입니다. 부인에게는 숨김없이 다 털어놓겠소이다. 에버라드 딕비 경과 저는 채비가 끝났습니다." 케이츠비는 가넷에게 고개를 돌려 말을 이었다. "동지들도 모두 무장을 완료했고 안뜰에서 대기하고 있습니다. 거사에 대한 전의도 왕성하더이다. 허나 위험천만하고 돌발사태도 벌어질 수 있으니 일격을 가하기 전에 안전한 곳으로 망명하시는 편이 나을 듯합니다."

"형제님, 방해가 되지 않는다면 나도 함께 가겠소. 기도 외에 도울 길은 없소만, 행군을 감행하거나 격투를 벌일 때보다는 안전한 곳에 은신해 있을 때 하는 기도가 더 낫겠지요."

"딕비 여사와 비비아나를 데리고 코턴에 가계시면 어떨까요?" 에버라드 딕비 경이 말했다. "경호할 인력은 충분히 보내드리겠습니다. 아시다시피 은신할 공간이 많이 있으니 수색대가 불시에 들이닥치더라도 발각되진 않으실 겁니다."

"뜻대로 하리다. 하지만 비비아나 부인은 투항을 결심했소."

"그럴 리가요!" 케이츠비가 역정을 냈다. "이런 중차대한 시국에 그런 정신 나간 짓을 벌이다니요! 그럼 거사도 곤란해질 겁니다. 부인, 의중이야 어떻든 지금은 몸을 사려야 할 때입니다."

"지금까지 케이츠비 님의 의사를 묵인해온 까닭은 소중한 사람들에게 상처를 주어선 안 된다고 생각했기 때문입니다만 더는 관여하지 않으려고요. 앞으로의 계획은 이미 마음을 굳혔어요."

"부인은 죽지 못해 안달하니—누가 봐도 그러하니—동지라면 살려내는 것이 당연하지 않겠소! 투항을 고집해선 안 됩니다. 충격에서 벗어나 제정신이 들면 이런 내게 고마워할 것이오."

"지당한 말이오, 케이츠비." 에버라드 경도 거들었다. "죽을 게 빤한데 부인을 가만히 놔두느니 차라리 미치광이가 되는 편이 낫겠소이다."

"동조해 주어 반갑긴 합니다만 아무리 설득을 해봐도 소용이 없더이다."

"케이츠비 님!" 비비아나는 무릎을 꿇었다. "한때 품었던 연모의 정을 봐서라도, 케이츠비 님에 대한 남편의 우정과 대의를 생각해서 라도 부디 절 막지 말아주세요!"

"전 최선을 다해 부인을 지킬 것이고 동지의 뜻에 어긋나지 않도 록 처신할 겁니다. 그런 부탁은 곤란하외다."

"뜻대로 하긴 다 틀렸으니 제 목숨은 이제 케이츠비 님의 손에 달 린 셈이군요."

"부인의 뜻을 허락한다 해도 목숨은 책임질 것이외다. 다시 말하 지만 수일 후면 내게 고맙다고 말할 거요."

"에버라드 경!" 비비아나는 애절히 당부했다. "제 말 좀 들어주 세요!"

"많이 힘드신 건 잘 압니다만 케이츠비의 말이 백번 옳다고 생각 합니다. 부인을 사지로 내모는 걸 양심이 허락할 리 있겠습니까? 신 중히 생각해 보십시오."

"오, 제발!" 비비아나는 아연실색했다. "당장 떠나야겠군요. 더는 붙잡지 마세요!"

"비비아나 부인!" 케이츠비가 팔을 잡았다. "저나 부인이나 이렇게 약한 모습을 보일 때가 아닙니다. 스스로 정신을 못 차리겠다면 도움을 받으셔야죠. 가넷 신부님, 부인을 보살펴 주십시오. 사환인 니콜라스 오웬과 제가 차출한 두 군인도 지켜드릴 겁니다. 그리고 건장한 말도 준비해 두었으니 부인을 오드설 성 저택으로 모시고 따로 기별이 있을 때까지 거기에 머물러 계십시오."

"그리 하겠소. 당장이라도 출발하리다."

"잘 됐군요."

"저한테 폭력을 행사하실 건가요?" 비비아나가 재촉했다. "에버라드 경, 어떻게 좀 해보세요!"

"저도 도리가 없습니다, 부인. 도리가 없어요."

"하느님이 도우실 거예요. 사람들은 제 뜻을 저버렸지만요."

"부인, 이렇게 정신줄을 놓을 때가 아니라니까요! 오드설에 가서도 경솔히 목숨을 걸겠다면 가넷 신부님도 말리진 않으실 겁니다. 다시 한 번 깊이 생각해 보시구려."

"달라질 일은 없을 테니 그렇게 하겠어요. 당장 떠날게요."

"현명한 선택이오." 에버라드 딕비 경은 마음이 한결 가벼워졌다.

비비아나는 자리를 물러났다. 얼마 후 떠날 채비를 마치고 나왔다. 수행원 둘과 니콜라스 오웬은 뜰에 있었고 케이츠비는 비비아나를 부축하며 안장에 앉혔다.

"눈을 떼시면 절대 안 됩니다, 신부님." 가넷이 말에 오를 때 케이츠비가 신신당부했다.

"계속 주시할 테니 걱정 마시구려."

일행은 코번트리 방향으로 박차를 가하며 달렸다.

이때 케이츠비는 동지들과 합류했고 에버라드 경은 건장한 수행원과 함께 딕비 부인과 식솔을 코턴으로 보냈다. 일행은 안뜰에 모여 명부에 적힌 이름을 부르고—무기와 군수품을 확인하고 난 후—말에 올라 서덤과 워릭을 향해 앞 다투어 선두를 달렸다.

허딩턴

오전 여섯시 경, 공모자들은 레밍턴 프리어스(당시만 해도 그리 큰 마을은 아니었다)에 도착했다. 밤에 폭우가 쏟아진 탓에 진창이 된 길을 20여 마일(32킬로미터)이나 달려온 것이다. 무엇보다 심신회복이 필요했다. 마침 농가가 있어 들어가 보니 소 사육장과 양 울타리가 눈에 띄었다. 그들은 가축을 내몰고 자신의 말을 묶고는 여물을 그러모아 앞에 두었다. 공간이 여의치 않아 마당에서 널브러진 옥수수와 건초더미를 먹인 무리가 훨씬 더 많았다. 이때 보기 드문 광경이 펼쳐졌다. "음매" 하며 울던 양과 소를 내쫓는 자들이 있는가 하면 어떤 이들은 닭장에 들어가 "꼬꼬댁" 비명을 지르는 닭을 잡아 죽이기도 했다. 어떤 이는 케이츠비의 지시로 말 두 필에 수레를 연결하는 한편, 에버라드 딕비 경은 권한을 내세워 돼지 살육을 막고 있었다.

말을 먹이고 나니 공모자들도 허기진 배를 채워야 했다. 그들은 까무러치리만치 아연실색한 집주인에게 문을 열라 하고 거실에 들어가 난로에 불을 지피고는 그 위에 수프를 끓이고 식재료를 조리하기 시작했다. 식품창고를 보니 먹거리가 넉넉해 두루 배식했다. 이를테면, 맥주 두 통에 구멍을 뚫어 술을 내고 작은 통에 든 증류주도 나누었다.

민폐는 이 정도로 그쳤다. 공모자들은 케이츠비와 에버라드 딕비경을 중심으로 무리 중에 약탈을 일삼는 자가 있는지 확인했다. 주택에서 훔친 물건은 녹슨 칼과 총 한 자루뿐이었다. 케이츠비는 집주인에게 거사에 동참할 것을 종용했다. 그러나 용기를 되찾은 농부는 고집스레 가담을 거부하는 것도 모자라 거사가 물거품이 되기를 노골적으로 바랐다.

"난 독실한 개신교인이자 제임스 왕의 충직한 백성이라오. 천주쟁이와 대역죄를 지원할 순 없소이다."

케이츠비가 개입하지 않았다면 동지 중 하나가 총알로 답을 대신했을 것이다.

"좋을 대로 하시구려. 양심에 역행하는 일을 강요할 순 없지요. 우린 그저 권리를 주장할 뿐이외다. 당신들 생각은 어떻소? 우리와 함께 하시겠소?" 케이츠비는 주인 곁에 서 있던 두 농부에게 물었다.

"고해성사를 해야 할까요?" 한 머슴이 반문했다.

"당연히 아니지요. 무슨 일이 있어도 불이익은 받지 않을 것이오.

현장에서 말만 잘 들으면 됩니다."

"그럼 가담하겠습니다."

"샘 모렐, 반역자가 되고 싶은 거요?" 다른 머슴이 질타했다. "평생 번역자로 살고 싶소? 어찌 제임스 왕과 싸울 생각을 하오? 굳이 무기를 들어야 한다면 난 폐하의 원수를 타도하여 종교를 지킬 것이오. 사제도, 천주쟁이도 모두 싫소이다."

"휴, 나도 동감일세." 주인도 맞장구를 쳤다. "개신교를 위해서라면 우린 죽음도 불사할 것이오."

발끈한 케이츠비는 등을 돌려 부하들에게 떠날 채비를 주문했다. 얼마 후 모두가 말에 올라탔으나 샘 모렐은 확인 결과 자취를 감춘 것으로 나타났다. 일행은 옥수수를 채운 자루 두서 개와 무기와 탄약을 수레에 싣고 줄을 맞춰 진행하기 시작했다.

당일 아침은 날이 흐리고 안개가 자욱해 분위기가 흐리멍덩하고 울적했지만 공모자 일행은 자신감이 충천했고 끼니를 채워 기운을 차린 장정들은 공적을 세울 기회에 조바심을 내는 듯했다. 워릭을 반마일(800미터 정도) 앞두고 세인트 니콜라스 성당의 높은 첨탑과 세인트 메리 성당의 탑, 그리고 멋스런 옛 도시의 입구가 흐릿하게나마 식별이 가능할 무렵, 반란군 지도자들은 성을 공격하고 마구간에 들어찬 말을 채갈 방편에 대해 잠시 의견을 교환했다.

공격을 시도하겠다는 결의가 추종자들에게 전달되자 우레 같은 갈채가 쏟아졌다. 무리는 선봉에 선 케이츠비를 따라 속도를 높여 전진했다. 에이번강 다리—성의 웅장한 풍채가 드러나는 곳—를 건넌 그는 입구로 달려가며 성에 접근하라고 명령했다. 문을 세차게 두드리니 나이가 지긋한 사환 하나가 하반문을 열다 침입자를 확인하고는 순간 멈칫했다. 사환은 문을 닫으려 했지만 케이츠비의 속력을 감당해 낼 순 없었다. 말에서 뛰어내린 그는 노쇠한 사환을 밀쳐 내고 성문을 열어젖혔다. 그러고는 다시 말에 올라 구불구불한 대로를 질주하기 시작했다. 바위에 깊이 파인 길이라 웅장했던 성이 시야에서 아주 사라져 버렸다가, 세 개의 탑이 순식간에 펼쳐졌다. 잠시 후 그들은 해자 끝자락에 들어섰다. 돌다리를 건너는 요즘과는 달리, 당시에는 물이 가득해 도개교를 방어수단으로 삼았다.

이런 공격을 미처 예상하지 못한 데다, 성 주인인 풀크 그레빌—최근에는 군주가 부룩 경에게 하사했다—도 마침 런던에 있던 터라 도개교는 내려와 있었다. 수많은 기병이 접근해 온다는 기별을 듣고 사환들이 서둘러 나왔지만 다리를 올릴 수 있는 때는 아니었다. 케이츠비는 누구든 저항하면 죽이겠노라 위협하며 입구를 통해 뜰에 진입했고 여기서 무리를 멈춰 세웠다.

이때 성 사람들은 소총과 창을(혹은 손에 잡히는 것은 무엇이든) 들고 성벽에 모여들었다. 적에 비해 전력이 턱없이 부족했음에도 전투를 감행할 작정인 듯했다. 케이츠비는 그들을 무시한 채 마구간으로 달려갔다. 스무 필은 족히 넘었다. 싫증도 나고 시원치도 않은 말을 바꿔 탄 뒤 무기를 탈취하기 위해 성에 진입하려는 순간 비상종이 울려 흠칫 놀랐다. 탑 꼭대기—워릭 백작인 가이_{Guy}의 이름을 땄다—에서 컬버린*을 발포하기 전에 들리던 소리였다. 경종은 금세 사그라졌지만 일행을 성벽에서 물러나게 한 룩우드는 워릭 사람들이 운집하고 있는 데다 입구에서 북소리가 들리는 것으로 보아 공격을 속행할 성싶다고 전했다. 케이츠비는 교전을 벌일 생각이 없던 터라 성을 뒤엎고자 했던 계획을 포기하고 부하들에게 퇴각을 명령했다.

* 컬버린culverin_15~17세기 유럽에서 사용된 대포

무리가 모이는 시간이 지연되는 와중에 비상종과 여러 경고음이 이어졌다. 한때 케이츠비는 성을 장악하려 했으나 그의 계획은 "가능성이 희박하다"는 동지들의 반대로 무산되었다. 결국 반란군은 다시 도개교를 건너 바윗길을 내달렸다. 외곽 입구에 이르기 전, 말을 타고 있거나 서 있는 장정들이 보였으나 수월히 빠져나갈 수 있었다. 반란군을 목격한 사내들이 충격을 받아 너도나도 물러갔기 때문이다.

다리를 건너기 위해 방향을 틀자 워릭셔 집행관이 이끄는 무장 호위대가 이를 점유하고 있었다. 호락호락 길을 내줄 것 같진 않았다. 반란군이 무력으로 돌파를 시도하려던 차에 나팔소리가 울렸다. 집행관은 말을 몰며 왕의 이름으로 투항을 명령했다.

"당신이 왕이라 부르는 제임스 스튜어트의 왕권은 인정하지 않소이다." 케이츠비는 의연하게 말했다. "우린 거룩한 가톨릭의 회복과

자유를 위해 싸울 것이오. 우리와 겨룰 생각은 마시구려. 그랬다간 두고두고 후회하게 될 테니."

집행관은 부하들 쪽으로 말머리를 돌리며 외쳤다. "무기를 버리고 주동자를 인도한다면 왕의 이름으로 면책을 약속하겠소. 허나 공공연히 반역을 일삼는다면 가장 처참한 최후를 맞이할 것이외다."

"나리, 물러서시지요." 케이츠비가 총을 꺼내며 의미심장한 어조로 말했다.

"로버트 케이츠비의 목을 가져오는 자에게는 사면에 100파운드를 주겠다!" 집행관은 위협에 굴하지 않았다.

"당신 목 값은 절반도 안 되겠지?" 케이츠비는 총을 겨누어 그를 사살해 버렸다.

낙마한 집행관은 교전의 신호탄이었다. 사령관의 죽음에 격분한 호위대는 총공세로 반란군을 몰아붙였다. 후방에서도 공격을 받던 반란군은 위태로운 듯했으나 케이츠비의 결의와 기백은 당해낼 수 없었다. 그는 부하들의 사기를 북돋우며 퇴로를 열고 다리를 건넜다. 물론 퍼시와 룩우드가 잡히는 것을 목격하지 않았다면 가벼운 마음으로 탈출했을 것이다.

케이츠비는 위험을 감수해야 했지만 이에 아랑곳하지 않고 주변 동료들에게 따라오라는 주문과 함께 왕정주의자들을 향해 필사적으로 돌격전을 펼쳤다. 마침내 동지 곁으로 돌진한 그는 둘을 풀어주었다. 유리한 기세도 잠시, 동지와의 격차가 벌어지자 호위대가 그를 욱여싸고 말았다. 절체절명의 순간 총 두 자루로 목표를 사살하고 난 뒤 건장한 기병을 칼로 찔렀다. 손잡이가 닿을 만큼 깊숙이 관통했다. 호위대는 케이츠비의 신원은 확인했지만 그의 임기응변력은 파악하지 못해 수세로 밀렸던 것이다.

다리 측면에 가까워질 무렵 케이츠비는 의도가 채 읽히기도 전에 박차를 가하며 단번의 도약으로 난간을 뛰어넘었다. 아군과 적군 사이에서 경탄의 함성이 동시에 쏟아졌다. 이때부터 모두가 다리 측면으로 질주하기 시작했다. 케이츠비를 구한 말은 둑 쪽으로 헤엄을 치고 있었다. 몇 차례 총격을 받았으나 무사히 도착했다. 케이츠비는 과감한 행동으로 위상이 높아져 추종자들의 열렬한 환대를 받았다. 그들은 케이츠비 주위에 모여 필사적으로 싸웠고 다리로 내몰린 적은 마을로 줄행랑을 쳐야 했다.

케이츠비는 부하들을 소집했다. 목숨을 잃은 병력은 생각보다 적었다. 중상을 입은 몇몇은 어쩔 수 없이 현장에 남겨두고 서둘러 떠났다. 스트래퍼드를 따라 4마일(6.4킬로미터) 정도 가다 오른편으로 방향을 틀어 스니터필드로 이어지는 소로에 접어들었다. 존 그랜트 가문의 거주지인 노어브룩에 들를 참이었다. 현장에 도착한 그들은 방어태세를 갖추고 난 후 홀에 모였고 추종자들은 뜰에 집결했다.

"지금까지는 순조로운 편이오." 케이츠비는 의자에 털썩 주저앉았다. "첫 전투는 우리가 이겼소이다."

"맞소만, 마냥 머물러 있을 수는 없을 겁니다. 장기전에는 버틸 수가 없으니 ….." 그랜트가 이야기했다.

"두 시간은 넘지 않을 거요. 허면 어디로 가는 게 낫겠소? 적의 허를 찌를만한 공격을 감행할 작정인데 말이오."

"코번트리 근방에 있는 해링턴 백작의 저택을 쳐서 엘리자베스 공주를 납치하는 건 어떻겠소? 헌데 병력이 감당할 수 있을까요?"

"공주라면 영광스런 전리품이 되겠구려. 하지만 진격 사실을 눈치채 은신처에 숨는 날엔 코번트리의 군과의 전면전이 불가피하게 되니 별 소득은 없을 듯하외다."

"몸을 사리면 아무 것도 할 수 없소이다!" 에버라드 딕비 경이 끼어들었다. "공주를 확보하기 위해서는 어떤 위험도 감수해야 한다고 봅니다."

"딕비 경, 아무리 위험천만하고 성공할 가능성이 희박한 계획이라도 일단 착수하면 물불을 가리지 않는다는 건 잘 아시잖소? 하지만 전략으로 성취할 수 없다면 승산은 기대할 수 없소이다. 우선 지원군부터 확인하고 나서 구체적인 방안을 결정합시다."

"알겠소."

"지인 중에 탤벗이란 어르신이 있지 않소?" 케이츠비가 토머스 윈터에게 물었다. "가담을 권해 보시겠소?"

"그러리다. 하지만 확답은 못하겠소이다."

"소심해져선 안 됩니다. 스티븐 리틀턴과 함께 가십시오. 우린 병력을 모으는 대로 허딩턴 저택에 갈 테니 나중에 거기서 만납시다. 어떤 논리를 펴서라도 탤벗 옹을 설득하시구려. 이를테면, 우리의 승리에 가톨릭의 안위가 달려있다거나, 혹은 나이가 많고 기력이 쇠한 건 변명이 될 수 없다는 식으로 말이오. 그래도 여의치 않다거나 가담할 수 없는 형편이라면 가톨릭 신도들에게 서신을 보내 가담을 종용하고 사환들을 우리에게 보내라고 하시오."

"한 마디도 흘리지 않고 전하리다. 정도 많이 들었으니 당부는 해보겠지만 큰 기대는 하지 마시구려."

토머스 윈터와 스티븐 리틀턴은 무장군인 둘을 대동하여 익히 알던 길을 따라 그래프턴으로 갔다. 이때 케이츠비는 뜰에서 병력을 소집했다. 스물다섯 명이 모자랐다. 절반 이상은 워릭에서 전사했거나 중상을 입었고 나머지는 도망친 듯했다.

작금의 상황이 심경에 어떤 파문을 일으켰을지는 모르겠지만 어쨌든 케이츠비는 자신감과 용기를 잃지 않고 계단에 올라 군중에게 열변을 토했다. 그들이 쟁취하려는 대의를 가진 자라면 하늘의 특별한 보호를 받는다는 확신을 심어준 것이다. 조그만 마리아상이 그

증표였다. 말을 맺을 무렵 기도문을 읊조리자 군중도 마음을 다해 동참했다. 얼마 후 그들은 식량과 탄약을 수레에 가득 채우고 대열을 갖추어 앨시스터로 떠났다.

폭우가 쏟아져 멀리 가진 못했다. 진창길인지라 바퀴자국이 움푹 파였다. 진행이 가능한 곳이면 어떻게든 방향을 틀어 천천히 이동했지만 상황이 나아지진 않았다. 비숍스턴 근처인 에이번을 건너자 여울이 나왔는데 그 또한 물이 불어 횡단은 불가했다. 에버라드 딕비 경이 건너려 했다가 자칫 떠내려갈 뻔했다. 하릴없이 스트래퍼드로 가서 다리를 건너야 했다.

"동지 여러분!" 케이츠비가 스트래퍼드를 조금 앞두고 무리를 멈춰 세웠다. "여기서 어떤 대접을 받을지는 모르겠지만 워릭에서와 별반 차이는 없을 듯하오. 허나 방어할 목적이 아닌 (선제) 공격은 금하시구려."

후미에서 따라가던 퍼시와 룩우드를 제외한 공모자 일행도 케이츠비의 지침에 귀를 기울였다. 스트래퍼드에 입성한 그는 시장으로 이동하여 나팔을 불라고 주문했다. 주민 대다수는 군대를 보자마자 부리나케 집으로 달려가 대문을 걸어 잠갔지만 담이 센 몇몇은 경계하는 눈으로 멀찍이서 그들을 뒤따랐다. 케이츠비는 공약을 내세우며 거사에 동참할 것을 요구했으나 행인들은 그를 조롱하기 시작했다.

사실, 무리의 꼬락서니를 볼라치면 옷이 흠뻑 젖은 데다 진흙투성이인지라 진지한 고민보다는 동정과 경멸을 불러일으킬 따름이었다. 공격은 단지 숫자가 많아 자제했을 뿐이다. 케이츠비의 발언은 여기저기서 볼멘소리가 나오는 중에 마무리 되었다. 시간낭비에 대의마저 무색해진 터라 그는 행진을 명령해 대로로 천천히 이동했다. 가담 의사를 밝힌 사람은 단 하나도 없었다.

스트래퍼드를 떠날 무렵에도 불미스런 사건이 벌어졌다. 추종자 두서 명이 대오에서 슬그머니 빠져나간 정황이 포착된 것이다. 케이츠비는 복귀를 명령했지만 불복당하자 맨 뒤에서 도망치던 자를 사살하고는 처벌을 들먹이며 복귀를 강요했다. 이는 추종자들 사이에서 불만이 쌓이는 계기가 된 동시에 주동자들에게도 큰 부담이 되었다. 케이츠비와 퍼시는 탈주자를 막기 위해 후방에서 무리를 감시했다.

딕비와 윈터는 마을에 사는 가톨릭 신도 중 상류층과의 인맥이 두터웠으나 저택을 방문할 때마다 냉대를 받고 때로는 질책과 면박을 당하며 내쫓기기까지 했다. 그런 데다 이탈자도 속출해 병력 열둘이 앨시스터에 도착하기 훨씬 전에 도주하고 말았다. 그들은 앨시스터를 지나가는 건 무리라는 생각에 오른편 소로를 타고 래글리 근방의 애로우를 건너 광활한 정원을 우회, 위틀리·스토니 모레턴 인근의 야산을 오르내리는 등, 한 시간 반 만에 로버트 윈터의 거처가 있는 허딩턴에 도착했다. 일이 순조롭게 돌아갈 기미가 보이질 않자 케이츠비는 저택에 이르자마자 동지를 소집해 의견을 물었다.

"난 끝까지 싸울 생각이오. 날 따르는 자가 하나라도 있는 한 난 멈추지 않을 것이오. 모두가 등을 돌리면 나 혼자라도 가겠소. 결코 굴복하지 않으리다."

"저승길도 함께 가야지요." 에버라드 딕비 경이 맞장구를 쳤다. "오늘밤은 여기서 묵고 이튿날 아침에는 윈저 경의 저택인 휴웰 그랜지로 갑시다. 거긴 무기가 많다고 하니 최대한 탈취하고 나서 홀비치에 있는 스티븐 리틀턴의 거처를 요새화한다면 며칠은 버틸 수 있을 것이외다."

딕비의 제안에 동조한 케이츠비 일행은 뜰에 모여 추종자들의 애로사항을 점검했다. 넉넉한 식량과 몇 시간의 휴식으로 일행은 기력을 되찾고 자신감도 회복했다. 그러나 토머스 윈터와 스티븐 리틀턴이 그래프턴에서 돌아오자 주동자들은 살짝 맥이 빠졌다. 임무가 수포로 돌아갔기 때문이었다. 탤벗은 가담을 거부했을 뿐 아니라 그들을 잡아가두겠다며 협박까지 했다고 한다.

"어르신이 우리더러 처참하게 죽어도 싸다고 합디다." 토머스 윈터가 자초지종을 털어놓았다. "가톨릭의 대의를 훼손해 더는 돌이킬 수 없게 되었다는 말도 덧붙이더군요."

"정말 그렇게 말을 했는지 의구심마저 드는구려." 크리스토퍼 라이트가 심경을 토로했다. "하지만 이젠 돌아갈 곳도 없소이다."

케이츠비의 어조는 침울했다. "더 이상 후퇴는 없소이다. 전장에서 죽든 형장에서 죽든, 둘 중 하나를 선택해야 하오."

"난 전장에서 죽겠소."

"나도 그렇소." 퍼시의 말에 케이츠비도 맞장구를 쳤다.

공모자 일행은 불안하고 어수선한 밤을 보냈다. 수많은 안건이 올라왔지만 반대에 부딪쳐 곧 폐기되었다. 앞서 그들은 보초병이 자리를 지키고 있는지 확인하기 위해 순찰을 돌기로 결의했다(탈주하려는 자는 사살을 엄중히 지시했다). 케이츠비는 매우 고단했지만 잠이 오지 않아 자진하여 순찰에 나섰다.

자정 무렵 뜰을 확인하고 돌아와 저택으로 들어가려던 차에 장신의 형체가 얼굴을 망토에 가리고 길을 막은 채 목전에 서 있었다. 그것은 꿈쩍도 하지 않았다. 손에 든 등불을 비추어도 전혀 운신하지 않았고 자세를 바꾸지도 않았다. 평소라면 뭘 묻거나 대들기라도 했겠지만 형언할 수 없는 두려움이 엄습하며 혀가 입천장에 달라붙고 말았다. 문득 가이 포크스의 영이라는 생각이 뇌리를 스쳤다. 케이츠비는 말을 걸고자 안간힘을 썼다.

"경고를 하러 온 거요?"

형체는 이를 묵인하고는 망토를 벗어 섬뜩하리만치 창백한 이목구비를 드러냈다. 포크스의 용모와도 닮아 있었다.

"내가 오래 살 것 같은가?"

형체는 고개를 저었다.

"그럼 내일 스러지겠는가?"

형체는 다시금 고개를 저었다.

"그렇다면 모레?"

그는 진지하게 고개를 내리며 망토로 다시 얼굴을 가리고는 홀연히 사라졌다.

케이츠비는 한동안 대경실색했다. 어렵사리 정신을 차린 후로는 저택으로 돌아가지 않고 뜰을 서성이다 마침내 정원으로 걸어갔다. 밤은 칠흑같이 어두웠다. 몇 발짝 떼자마자 한 사내와 마주쳤다. 입밖으로 나오려는 비명을 틀어막은 채 허리띠에서 총을 꺼내들고 상대가 입을 열 때까지 기다렸다.

"존 폴리엇 경이오?" 톱클리프의 육성임을 직감했다.

"그렇소." 케이츠비가 나지막이 대꾸했다.

"저택에는 침투한 거요?"

"그렇소. 목소리를 낮추시오. 근방에 보초병이 있소이다. 이쪽으로 오시구려."

케이츠비는 톱클리프의 팔을 잡고 좀더 걸었다.

"저들의 허를 찌를 방편은 있는 거요?"

"흠!" 그는 기밀을 털어놓을 때까지 시간을 끌었다.

"혹시 우스터셔 집행관에 지방 실세인 리처드 월시 경이 올 때까지 대기해야 하는 거요?"

"언제 쯤 도착할 것 같소?" 초조한 기색을 숨기긴 어려웠다.

"아무리 일러도 동이 트기 전에는 도착하지 못할 것이외다. 그러니 우리가 저택을 포위해야 하는데 그러다 보면 일부 주동자들이 접전 과정에서 목숨을 잃을지도 모르겠소. 물론 알다시피 솔즈베리 백작은 그들을 생포하라고 명령했지만 결과야 어떻든 난 두려울 게 없소이다."

"옳은 말이오."

"일당을 생포하면 몸값이 두 배로 뛴다 하오. 허나 목숨 귀한 줄 모르고 날뛰는 케이츠비는 반드시 죽어야 하오. 음모를 주도한 작자인지라 놈을 살려두면 언젠가는 사달이 날 것이외다."

"생포할 방도가 떠오른 것 같소. 하지만 조심하고 또 조심해야 합니다. 내가 저택에 돌아가 주동자들이 묵고 있는 곳을 알아낸 뒤

문을 열어둔 채로 다시 오겠소. 경은 부하들을 소집해 두시구려. 주동자를 확보하면 나머지는 식은 죽 먹기일 거요."

"존 경, 어찌 그런 위험을 감수하려는 것이오!" 톱클리프는 걱정스러운 척 호들갑을 떨었다.

"난 신경 쓰지 마시오. 몇 분 후에 돌아올 테니 최대한 소리소문 없이 집합시키시오."

케이츠비는 서둘러 현장을 떠났다.

케이츠비는 저택에 들어가자마자 동지들을 깨우고 자초지종을 일러주었다.

"톱클리프를 생포하는 것이 내 계획이오. 도움이 될 만한 정보를 많이 캐낼 수 있을 것 같소이다. 나머지는 저항하면 그냥 죽여 버립시다."

"병력은 어느 정도 되오?" 에버라드 딕비 경이 초조한 기색으로 물었다.

"정확히는 말할 수 없지만 리처드 월시 경을 기다리고 있으니 아주 적진 않을 거요."

"이 사태와 상관이 있을지는 모르겠지만 …" 로버트 윈터는 용모가 유난히 초췌해 보였다. "간밤에 불길한 꿈을 꾸었는데 정말 무서워 죽을 지경이었다오."

"정말이오?" 케이츠비도 전에 목격한 환영이 다시 떠올랐다.

"케이츠비." 로버트 윈터가 그를 옆에 세워두고 말을 이었다. "혹시라도 회개하지 않은 죄가 있다면 하느님과 화목하시구려. 이생에서의 삶이 그리 길진 않을 듯해서 하는 말이외다."

"그럴지도 모르지요. 내 영혼에 짓궂은 죄를 숱하게 지었으니 지금까지 굳은 심지와 결의로 살아온 것처럼 세상도 그렇게 하직할 생각이오. 지금은 적을 맞이할 채비나 마저 끝냅시다."

그는 가장 믿음직한 부하들을 소집해 조용히 곳곳에 심어두고는 신호를 보내면 즉시 나오라고 지시했다. 아울러 추가적인 지시를 덧붙인 케이츠비는 정원으로 돌아가 슬쩍 헛기침을 했다. 그러자 발자국 소리가 들려왔다.

"존 경이오?" 톱클리프였다.

케이츠비는 작은 소리로 그렇다고 했다.

"이쪽으로 오시구려."

이때 한 무리가 쏜살같이 현장으로 달려들며 케이츠비를 단단히 붙잡았다. 톱클리프는 얼굴에 등불을 비추며 의기양양하게 외쳤다.

"이제야 덫에 걸려들었군, 케이츠비! 결국에는 내 손에 잡히고 마는군."

"과연 그럴까?" 케이츠비는 적들에게서 어렵사리 벗어났다.

그는 칼로 원을 그리며 맞은편으로 질주했다. 여섯 발의 총탄이 발사되었음에도 무사히 후퇴할 수 있었다. 정원 울타리를 뛰어넘자마자 동지와 추종자들 대다수가 운집했다. 총성을 듣고 신속히 달려 나온 것이다. 케이츠비는 선봉에 서서 정원으로 돌아갔으나 톱클리프 일당은 이미 종적을 감춘 뒤였다. 그들은 횃불을 들고 큼지막한 그루터기를 태우기 시작했다. 불빛으로 먼 거리까지 속속들이 보였지만 적이 남긴 자취는 찾을 수 없었다.

공모자들은 한동안 수색을 이어가다 별 성과 없이 저택에 돌아왔다. 휴식을 취할 엄두가 나질 않아 밤새 주변을 감시했다. 서로 오간 대화도 거의 없었다. 모두가 낙심하고 있던 차에 케이츠비는 홀과 부엌 사이를 서성거렸다. 온통 암울한 생각뿐이었다. 그는 자신의 파란만장한 인생을 되돌아보았다. 종언을 고할 때가 가까이 왔다는 것은 내색하지 않을 수 없었다.

'그까짓 게 뭐가 대수라고' 케이츠비는 마음으로 절규했다. '오명을 안고 죽을 수야 없지. 비참한 노년을 버텨내느니 차라리 남자답게 혈기를 부리다 죽는 편이 낫지 않겠는가! 거사를 위해 최선을 다했지만 결국엔 실패하고 말았으니 달리 살아야 할 목적이 없어진 것이나 진배없게 됐어. 이틀 후면 저들도 뿔뿔이 흩어지겠지. 우릴 버리고 떠나거나 현상금을 받으려고 달려들지도 …. 정말 그런다면 더는 믿어선 안 될 거야. 혹시라도 성공할 가망이 없다는 생각에 어느 때든 투항을 종용할지도 모르지. 항복이라! 죽으면 죽었지 어찌 투항을 하겠는가! 뭔가 의미 있는 일을, 가치가 있는 일을 해내고 죽어야 하지 않겠는가! 그래서 군인답게 죽기를 늘 기도해 왔다.'

속내가 은연중에 입 밖으로 나오자 로버트 윈터의 기척이 느껴졌다. 그는 홀 끝에 서서 케이츠비를 지켜보고 있었다.

"케이츠비, 기도가 응답될 것 같진 않구려. 섬뜩한 운명이 당신과 우리 모두에게 닥칠까 두렵소이다."

"무슨 소리요?" 케이츠비는 문득 초조해졌다.

"내 말 좀 들어보시구려." 로버트 윈터가 말을 이었다. "간밤에 꿨다는 기괴하고 불길한 꿈 이야기요. 배를 타고 템즈강 위를 표류하고 있었던 듯하외다. 헌데 밝게 웃던 낮이 돌연 어두워졌는데 일몰 때와는 분위기가 사뭇 달랐소이다. 태양이 일식에 가려질 때처럼 암울하고 불길해질 무렵, 주위를 둘러보니 만상이 바뀌어 있었소이다. 세인트 폴 성당의 탑은 구부러진 채 금세라도 무너질 듯했고 주변 성당의 첨탑들도 모두 그랬지요. 런던브리지 주택들은 강 위로 기울어져 있었는데 그 양상이 너무도 무시무시했고, 한쪽 둑을 따라 줄을 지어 있던 가옥들은 기초마저 흔들린 듯했소이다. 지진이 나지 않왔다면 세상의 종말이 임박한 게 틀림없겠다는 생각마저 들더이다."

"계속해 보시오." 케이츠비는 이야기에 몰입하고 있었다.

"강물도 색이 변했지요. 핏빛처럼 붉었고 노를 젓던 사공은 온데
간데없이 사라지고 없더이다. 대신 사형집행관 복장을 한 자가 가면
을 쓰고 그 자리를 꿰차고 있었지요. 이때 돌연 뭍에서 총성이 울렸
고 배에서 뛰쳐나온 나는 해방감에 희열을 느꼈다오. 베일에 싸인 자
로부터 자유를 얻었으니 말이오. 뭍에 홀린 듯 성당까지 마냥 걷다
가 안에 들어가 보니 기둥과 제단과 기념상과 지붕이 까맣게 물들어
있었지요. 신도석에 들어차 있던 군중은 하나도 보이지 않았고 흐릿
하게 보이는 형체만 홀을 오가고 있었소. 그들에게 다가가자 검은
빛을 띤 얼굴선이 마치 주검처럼 퉁퉁 부어있었는데 몇 명은 케이츠
비 당신과 동지를 닮은 듯했다오. 묻고 싶은 말이 있었지만 아쉽게
도 잠이 깨고 말았소."

"기묘한 꿈이오. 나도 뭔가를 보았는데 그도 같이 생각해 보면 길
한 징조는 아닌 듯하외다."

케이츠비도 자신이 본 초자연적인 모습을 윈터에게 털어놓기 시작
했다.

"이젠 끝인가 봅니다. 운명을 채비해야 하지 않을까 싶소이다."

"로버트, 사내답게 용맹한 전사답게 운명을 맞이합시다. 우리 자

신의 명예와 대의에 먹칠을 해서야 되겠소이까?"

"맞소만, 우리가 본 환영은 죽음에 대한 생각 그 자체보다 훨씬 더 끔찍하더이다."

"좀더 쉬어야겠다면 그렇게 하시구려. 한 시간 후에 병력을 소집할 테니 휴웰 그랜지에는 그때 떠납시다."

"고단하지만 눈을 붙일 수가 없구려."

"영혼을 하느님께 맡기시오. 난 혼자 있겠소. 우울한 생각이 억누르를 때마다 하느님께 마음의 짐을 비우게 해달라고 기도할 것이오."

로버트 윈터가 자리를 뜨자, 케이츠비는 성모 마리아상이 있는 벽장 안으로 들어가 그 앞에 무릎을 꿇고 장시간 열렬히 기도했다. 그러고는 진정된 마음으로 추종자와 공모자 일행을 소집했다. 말도 떠날 채비를 갖추고 진군하기 시작했다.

출발한 시각은 4시 경이라 너무 어두워서 길을 찾는 데 다소 애를 먹었다. 조심스레 느린 걸음으로 진행하며 촉각을 곤두세웠다. 시골 길을 훤히 꿰고 있던 윈터 형제와 그랜트가 앞장섰음에도 이따금씩 진행이 지연되거나 소소한 사고가 벌어지곤 했다. 수레가 깊은 바퀴 자국 속에 빠지고 길을 잃은 장정들이 소로 가장자리를 두른 참호에 빠지는가 하면 낙마 사고도 비일비재했다. 추격자가 꼬리를 밟고 있다는 두 차례의 통보에 돌연 진행을 멈추었으나 이는 사실이 아닌 것으로 밝혀졌다. 그들은 매우 고단한 여정 끝에 스토크 프라이어에 입성했다. 휴웰 그랜지까지는 이제 2마일도 채 남지 않았다.

본디 헨리 8세 집권 초에 건설되어 군주가 현 소유주인 윈저 경의 선조에게 하사한 이 저택은 커다란 수로로 둘러싸인 사각형 건물이었다. 방대한 정원의 중심부와 완만한 산기슭에 위치한 저택으로 반란군이 다가가고 있었다. 그들은 장관을 이루던 산비탈을 내려왔다. 이맘때는 정원이나 저택 할 것 없이 모두가 황량했다. 자욱한 안개 사이로 보슬비가 주룩주룩 내리고 나무는 낙엽이 다 지진 않았지만 비경은 더 이상 보이지 않았다. 잔디는 축축해 빛깔이 번지르르했다. 곳곳이 늪처럼 보인 탓에 기병들은 진로를 바꿔야 했다.

고민해야 할 장애물이 더는 없었다. 정원에 들어간 지 10분 만에 그들은 저택을 중심으로 사정거리 안에 들고 말았다. 도개교는 이미 올라가 있었으나 방어를 염두에 둔 흔적은 보이지 않았다. 그럼에도 케이츠비는 저택 사람들이 입성을 예상했을 거라 판단했다. 이를 확인하기 위해 나팔을 불고 문지기에게는 도개교를 내리라고 주문했으나 이렇다 할 반응은 없었다.

저택까지는 입구에서 높고 구불구불한 길을 타야 했고 양측에는 진용을 갖춘 작은 탑을 세워 방어를 공고히 했다. 케이츠비는 총안 한 곳에 자리 잡은 사내를 발견하자마자 그를 향해 방아쇠를 당겼다. 비명소리가 들리는 것으로 보아 필시 부상을 입었을 것이다. 이때 반대편 총안을 통해 소총이 거치되며 반란군에 대한 총격이 개시되었다. 십 수 명의 무장병력도 담 꼭대기에서 총을 쏘기 시작했다.

케이츠비는 무리 중 모습을 드러낸 톱클리프에 핏대를 세우며 총을 격발했지만 빗나가고 말았다. 몇몇 부하에게는 인근 헛간 문을 부수어 이를 해자에 띄우라고 주문했다. 문짝이 떨어져 나가자 케이츠비는 창을 들고 문을 발판 삼아 맞은편 둑을 향해 힘껏 도약했다. 총알 두서 발이 문을 뚫었지만 그는 무사히 해자를 건널 수 있었다. 너무 순식간에 벌어진 일이라 저택을 지키던 자들은 미처 손을 쓸 겨를이 없었다. 케이츠비가 도개교에 연결된 사슬을 절단하자 다리가 굉음을 내며 하강했다.

동지들은 큰 함성을 지르며 도개교를 건넜으나 철판으로 뒤덮인 대문에 빗장이 걸려 있었다. 또 다른 난관에 부딪친 것이다. 케이츠비는 헛간에서 발견한 사다리를 세우고는 방어전을 펼치려는 자들을 모두 물리치며 벽을 타기 시작했다. 에버라드 딕비와 퍼시 등도 그의 뒤를 따라 왕정주의자들을 제거하며 돌계단을 타고 진입로로 질주, 입구를 열어젖혔다. 그러고는 동지들을 안으로 들이기까지 … 몇 분 걸리지 않았다.

저택 수색을 딕비와 퍼시에게 맡긴 케이츠비는 반란군 십 수 명에게는 뒤를 따르라고 명령했다. 그들은 톱클리프를 찾기 위해 조그만 아치형 출입구를 나와 구불구불한 돌계단을 올라갔다. 군인들이 길을 막아섰지만 케이츠비는 그들을 물리치며 지붕까지 올라갔다. 하지만 톱클리프는 보이지 않았다. 담 꼭대기에서 사다리를 타고 내려와 종적을 감춘 것이다. 결과가 뻔했기 때문이다.

케이츠비는 군인들의 무장해제를 위해 뜰로 내려왔다. 갑옷과 단

창, 장창, 단총 및 경포 두 문 등이 삽시간에 산더미를 이루었다. 화약통과 아울러 모든 무기가 짐마차에 실렸다. 식품저장실에서 나온 미드(mead, 양조주로 앵글로색슨에 의해서 발달한 가장 오래된 발효주—옮긴이) 및 에일주 한 통씩과 각종 식량은 반란군에게 배분했다.

당시 케이츠비는 저택을 뒤지며 반강제 반설득으로 스무 명 정도를 회유했다. 공모자들의 쳐진 기세는 예상치 못한 호재로 다시 솟구치기 시작했다. 케이츠비는 동지들 못지않게 의기양양했으나 마음 한구석에는 불안이 가득했다.

얼마 후, 반란군은 무기란 무기는 모두 탈취하여 휴웰 그랜지를 떠났다. 설득으로 합류하게 된 자들은 탈출할 수 없도록 무리 한 가운데 세웠다.

홀비치

공모자 일행은 가도를 피해 사람들의 발길이 닿지 않은 시골길을 지나 스타워브리지 쪽으로 방향을 잡았다. 포필드 그린에 이를 무렵 브롬스그로브 근방의 산간지대를 내려가는 큰 무리가 보였다. 필시 그들을 추격해 왔으리라. 행군 중단 명령이 떨어지자 반란군은 한 농가를 점거하며 방어태세에 돌입했다.

이를 눈치 챈 추격자들은——우스터셔 집행관인 리처드 월시 경을 비롯하여 존 폴리엇과 세 젠트리(귀족으로서의 지위는 없었으나 가문의 휘장을 사용할 수 있도록 허용 받은 유산계급을 일컫는다-옮긴이)인 케틀바이, 살와예 및 코니어스로 확인—— 중무장한 부하를 대거 거느리고 농가에서 좀 떨어진 곳에 멈추어 섰다. 공격은 신중해야 한다는 입장을 논의하는 듯했다. 현장에는 톱클리프도 있었다. 창을 통해 그를 지켜보던 케이츠비는 제스처를 관찰하며 톱클리프가 공격에 반대하고 있다는 것을 짐작했다. 왕정주의 일당은 현 위치를 지키고 있었지만 이따금씩 한두 명이 자리를 뜨곤 했다. 병력보강 차원에서 어디론가 파견을 보낸 것이 분명했다.

더는 지체하고 싶지 않아 대오를 촘촘히 갖춘 그는 스스로 후위를 맡아 행군을 이어갔다. 리처드 월시 일행도 그들을 뒤쫓기 시작했다. 반란군이 험지에 이를라치면 돌격으로 그들을 괴롭혔다. 이 과정에서 일부는 낙오자가 되어 후미에서 떨어져 나갔고 일부는 포로가 되었다. 성가신 공격에 분노한 케이츠비는 최대한 신속히 전진해 나가기를 바랐지만 하릴없이 광장 입구에서 반란군을 세우고 전투를 준비했다. 하지만 그의 목적은 빗나가고 말았다. 월시 일당은 다른 길을 택해 어느 때는 한 명도 보이지 않았다.

한 시간 후 반란군은 스타워강 제방에 당도했다. 처칠이라는 작은 마을에서 멀지 않은 곳인데 여기서 여울을 건널 채비를 하고 있던 차에 집행관 일당이 다시 나타났다. 병력이 꽤 많아졌다. 그중 3분의 1 정도가 여울을—최근 폭우로 물이 크게 불어나 상당히 위험했다—건널 준비를 하고 있어 대형이 흔들릴 상황은 아니었다.

케이츠비는 부하들을 둑으로 불러들이고는 교전에서 적을 몰아낸 후 순조롭게 강을 건널 수 있었다. 병력 손실이 크지는 않았다. 다만 짐수레가 여울에 잠긴 탓에 화약이 무용지물이 될까 싶어 노심초사했다. 한동안은 맞은편 둑에 머물러 있었으나, 적이 추격을 포기해 앞서 언급했던 홀비치—스티븐 리틀턴의 저택—로 진군하기 시작했다. 무사히 도착한 후에는 방어태세를 갖추는 것이 급선무였다.

홀비치 폭발사고

장시간의 논의 끝에 에버라드 딕비 경이 자리를 떠났다. 그는 이튿날 사환을 데리고 돌아올 심산이었다. 그러나 스티븐 리틀턴은 당일 저녁 종적을 감추었다. 이에 큰 충격을 받은 케이츠비는 대의를 포기하지 말고 자신의 소신처럼 이를 끝까지 지켜달라고 신신당부했다. 일행은 진지하게 공감했으나 로버트 윈터는 말도 섞지 않고 따로 앉아 있었다.

케이츠비는 스타워강을 건널 때 여울에 빠졌던 화약을 살펴보았다. 너무 흠뻑 젖어 무용지물과 다를 바가 없었다. 충분한 화약이 무엇보다 중요했던지라 통에 있던 화약을 전부 꺼내—물에 녹지 않은 화약—큼지막한 접시에 담고는 홀에 지펴둔 난로 앞에서 이를 말리기 시작했다. 살짝 젖은 화약 자루도 안전을 위해 거리를 띄워두었다.

"의사당 땅굴에 매설한 것보다 파괴력이 더 크면 좋겠구려." 퍼시가 운을 뗐다.

"동감이외다!" 케이츠비는 씁쓸한 미소를 지으며 응수했다. "우린 신도를 위한 것이라지만 저들은 우리가 되레 무덤을 팠다며 응징을 당했다 하겠지요."

"농담으로 가볍게 넘길 일이 아닙니다." 로버트 윈터가 다그쳤다. "화약은 쳐다보기만 해도 가슴이 철렁 내려앉는 데다, 다 말리고 딴 데로 치우기 전까지는 잔걸음을 치게 되더이다."

"스티븐 리틀턴처럼 떠나진 않겠지요?" 케이츠비가 수상쩍다는 표정으로 물었다.

"내가 함께 할 테니 염려는 붙들어 매시구려." 크리스토퍼 라이트가 말했다.

그는 로버트 윈터와 함께 홀을 떠나 뜰에 가서 암울한 전망에 대해 이야기를 나누었다. 이때 굉음과 아울러 폭발이 일어났다. 저택 지붕이 두 쪽으로 갈라진 듯했고 기와와 벽돌과 부러진 나무토막 등이 주변에 즐비했다. 발 앞으로 화약 자루가 털썩하고 떨어졌다.

"헉! 이럴 수가!" 크리스토퍼 라이트가 자루를 들며 탄식했다. "이건 신의 계시가 분명하외다. 자루가 폭발했다면 우린 모두 죽은 목숨이었을 거요."

"현장을 한번 살펴보십시다."

로버트 윈터는 속히 홀hall에 들어가 문을 열어젖혔다. 연기에 휩싸인 케이츠비가 시야에 들어왔다. 윈터는 폭발로 검게 그을린 그의 얼굴 쪽으로 손을 뻗었다. 룩우드는 의식을 잃은 채 바닥에 쓰러져 있었다. 처음에는 전원이 사망한 줄 알았지만 자세히 뜯어보니 퍼시는 옷에 붙은 불을 끄고 있었고 존 그랜트도 그러느라 정신이 없었다.

"꿈에서 본 광경을 실제로 마주하게 될 줄이야!" 로버트 윈터가 두려움에 떨며 동지들을 응시했다. "이건 경고가 틀림없소이다!"

크리스토퍼 라이트는 케이츠비에게 달려가 그를 끌어안고 옷에 번진 불을 껐다. "지지리 복도 없지! 이 꼴을 보려고 여태 살아왔던가!"

"놀라지 마시구려!" 케이츠비가 숨을 몰아쉬었다. "대수롭지 않은 사고였을 뿐이오."

"가벼운 사고가 아니올시다!" 로버트 윈터가 반박했다. "하느님이 우리 계획에 등을 돌리신 거요."

그러고는 홀을 나와 집을 아주 떠나버렸다.

"하느님께 용서를 구해야 할 것 같소!" 존 그랜트가 언성을 높였다. 폭발로 눈을 심하게 다쳐 아무것도 볼 수 없었던 그는 마리아상 앞으로 기어가 큰소리로 기도했다. 그가 계획한 거사가 너무 잔혹한 탓에 하느님의 진노를 샀다는 점을 인정한 것이다. 그는 진심으로 회개했다.

"그만 하시오!" 케이츠비는 비틀거리며 다가가 마리아상을 가로챘다. "단순한 사고였다고 하지 않았소! 목숨은 건졌으니 우린 해내고 말 것이오!"

크리스토퍼 라이트는 현장을 조사하던 중, 불붙은 석탄 하나가 화약이 담긴 접시로 튀어 이 사달이 났다는 것을 알게 되었다.

폭동의 종언

케이츠비는 검게 그을린 몰골을 더는 볼 수가 없어 양동이 물을 부탁하고 그 안에 머리를 담갔다. 머리를 식히며 마음을 추스른 그는 동지들의 안부를 물었다. 룩우드는 야외로 실려 나갔다가 이제야 정신이 돌아왔고, 퍼시는 중상을 입어 머리와 눈썹이 타고 피부는 그을려 있는 데다 소름이 돋을 만한 수포와 아울러 환부가 퉁퉁 부어있었다. 한쪽 눈은 시력을 잃어 장님이 되고 말았다. 존 그랜트는 일행에 비해 부상 정도가 덜했지만 외양은 섬뜩했다. 사실, 네 명의 부상자들은 고문실을 방금 탈출했다 해도 전혀 이상하지 않았고 하느님이 진도했다는 표징이 얼굴에 각인되어 있다는 인상을 주었다. 케이츠비는 부하들을 소집해 신속히 사건을 수습하고 술이 가득 든 잔을 벌컥벌컥 들이켰다. 용맹한 전사의 평정을 깨뜨려선 안 되었기 때문이다. 퍼시는 욱신거리는 통증에도 케이츠비를 따라 잔을 비웠지만 존 그랜트와 룩우드는 술잔을 들지 않았다.

"여러분!" 케이츠비는 열변을 토하기 시작했다. "술은 마음 내키는 대로 드시구려. 허나 군의 사기를 꺾게 하는 행위는 방관하지 않을 것이외다! 스티븐 리틀턴과 로버트 윈터는 너절히 우릴 떠났소. 그들을 따라가고 싶다면 당장 떠나시오. 떠날 사람은 없는 편이 더 낫소이다."

"난 케이츠비 동지를 떠날 생각이 없소." 룩우드는 울먹이며 말을 이었다. "때가 오면 아시겠지만 그저 한가하게 시간을 때우고 있진 않을 것이외다. 하지만 이제 와 보니 우리가 천벌을 받은 것 같긴 하오."

"쳇!" 케이츠비가 코웃음을 치자 스산한 얼굴에 극악무도해 보이는 표정이 역력했다. "화약이 폭발해 얼굴이 검둥이가 되었기로서니 어찌 하느님이 심판을 내렸다 할 수 있겠는가? 그런 사소한 일로 주눅이 들어서야 원. 사내답게 툭툭 털고 일어납시다! 잉글랜드의 눈이 우릴 지켜보고 있다는 사실을 기억하시구려. 어차피 죽을 목숨이라면 사람답게 죽읍시다. 사실 우리가 크게 곤란을 당한 적은 없지 않소. 내 손은 전처럼 검을 휘두를 수 있고 시력도 목표를 명중시킬 만큼 좋소이다. 하느님이 우릴 죽이기로 작정하셨다면 뜰에서 가져온 화약 자루도 폭발했을 것이오. 그 정도면 저택은 폐허가 될 뿐 아니라 우리 역시 다 죽고도 남을 테니 말이오."

"차라리 폭발했다면 모든 게 끝이 났을 터인데!" 존 라이트가 탄식했다.

"존, 당신도 겁쟁이였소? 아하, 그렇담 한 사람도 남지 말고 모두

들 떠나시구려. 나 혼자 싸우겠소."

"케이츠비, 오해하지 마시오. 나 역시 당신만큼이나 대의에 충실하고 있소이다. 허나 최후가 임박했다는 건 분명한 것 같소. 아예 지나갔으면 좋으련만."

"이 시국에 그런 희망에 도취되는 것이 약점이 아니고 무엇이겠소? 죽음이 언제 찾아오든 난 두렵지 않소이다. 영광스럽게 죽을 수 있다면 말이오. 나만 그래서야 되겠소? 운명을 맞이하는 태도는 거사의 결과와도 밀접한 관계가 있소이다. 형제에게 용맹한 전사의 모범을 보입시다. 감사하게도, 형장에서 목숨을 버릴 일은 없을 테니!"

"너무 장담하진 마시구려." 그랜트는 비관적으로 대꾸했다. "형장에서 죽을 수도 있잖소."

"난 아닐 거요."

"나도 마찬가지요." 퍼시도 동조했다. "난 중상을 입었지만 이번 사고를 심판으로 생각하진 않습니다. 외려 목숨을 부지할 수 있도록 도우신 하느님께 감사해야 한다고 생각하오."

"사고를 어떻게 보든 …" 존 라이트도 입을 열었다. "하느님을 일찍 뵙게 돼도 그걸 이르다고 볼 순 없겠지요. 언제 우리가 명을 재촉할지 알 수 없으니."

"또 죽는 소리를 하는구려. 하지만 걱정 마시오. 원기는 조만간 회복될 테니."

존 라이트는 고개를 절래 흔들었다. 표정을 감추기 위해 눈썹 위로 모자를 눌러쓴 케이츠비는 뜰로 갔다. 무리를 보니 예상대로 대경실색한 표정이 역력했다. 장정들은 삼삼오오 모여—케이츠비가 현장에 나타났을 때는 조용했다—투항의 필요성을 진지하게 논하고 있었다. 케이츠비가 불리한 형국에 개의치 않고 과감한 어조로 열변을 토하자 그들은 자신감을 회복, 흔들리던 감정을 추스를 수 있었다.

케이츠비는 에일주를 한 컵씩 나눠주며 로마 가톨릭의 회복을 위해 서약을 제안했다. 그러고는 저택으로 돌아와 동지들을 1층 방으로 불러들였다. 그들은 장시간 열렬히 기도했고 성찬식을 거행하며 모임을 마무리했다.

일행은 폭발로 훼손된 세간을 수습하는 데 두어 시간을 보냈다. 저녁이 순식간에 찾아왔다. 케이츠비는 에버라드 딕비 경이 오지 않으면 어쩌나 노심초사하며 저택 담에서 그가 오기만을 기다리고 있었다. 결국 그는 복귀하지 않았다. 케이츠비는 딕비 경에게 무슨 변고가 생긴 것은 아닌지 불안해하며 현장을 내려왔다. 그러고는 불안감을 숨기기 위해 의기양양한 척하며 사람들과 어울렸다.

"적들이 여태 잠잠하다니 놀라울 따름이외다." 퍼시가 말을 걸었다. "기습작전을 위해 날이 저물 때를 기다리고 있겠지만 그래봐야

고배를 마시지 않겠소?"

"에버라드 딕비 경이 인솔해 올 병력과 마주쳐서 그런지도 모르지요." 크리스토퍼 라이트가 대꾸했다.

"그럴 수도 있겠구려. 그럼 조만간 기별이 올 거요."

더는 동지들과 대화를 나눌 수 없던 케이츠비는 마음이 내키는 대로 안전에 집중하고자 뜰로 행했다. 방어태세와 (끌어올린) 도개교, 경계 중인 보초병 등, 대비 상황을 파악하기 위해 30분 간격으로 순찰을 돌았다. 자정 무렵에도 외출을 채비했다.

"케이츠비, 도대체 언제 쉴 거요?" 퍼시가 넌지시 물었다.

"무덤에 들어가면 원 없이 쉴 텐데요." 그는 언짢은 기색으로 말했다.

실제로 케이츠비의 추종자들은 지칠 줄 모르는 체력에 혀를 내둘렀다. 철인 같은 체격을 보면 피로를 모르는 듯싶었고 행여 저택에 들어오더라도 침상에 눕기보다는 통로에서 계속 서성거렸다.

"맘 놓고 편히 쉬시구려." 케이츠비는 순찰을 대신 돌겠다는 크리스토퍼 라이트에게 말했다. "특이사항이 있으면 깨워 주리다."

케이츠비는 겉으로 보기에는 태연한 것 같았지만 극심한 가슴 통증에 시달리곤 했다. 야망을 이루기 위해 수많은 상류층과 귀족들을 대역죄에 가담케 하고 목숨마저 **빼앗기게** 했다는 것은 감출 수 없는 사실이었다. 혹시라도 저들의 피가 자신의 머리로 돌아오진 않을까 우려했지만 가장 무거운 짐은 비비아나의 운명이었다.

'부인이 무사히 탈출한다면 더는 신경 쓸 게 없을 텐데. 가이 포크스도 그렇고 …. 때늦은 회개는 없다고들 하지만 회개는 창조주와 나 사이의 문제니 사람이 이를 어찌 이해하랴.'

어둔 밤, 분위기는 짙은 안개로 더욱 음산해졌다. 케이츠비는 기습 공격을 당할지 모른다는 생각에 경계를 재정비했다. 해자 가장자리를 돌며 적의 위치를 감지해내기 위해 청력에 집중했다. 의구심을 불러일으킬 만한 사건은 한동안 없었지만 자정 이후 한 시간 남짓 지났을 무렵 은밀히 숨긴 족적이 해자 맞은편에서 발견되었다. 일당이 현장에 있다는 방증이었다. 이때 케이츠비는 저택 뒤편에 있었다. 경종을 울리기 전, 적의 움직임을 포착하기 위해 호흡을 멈추고 소총을 꺼내들었다. 그는 미동도 하지 않은 채 전방을 주시했다. 수상한 대상은 보이지 않았으나 판자 위로 해자를 가로지르는 소리가 또렷이 들렸다. 소곤대는 일당 중 하나는 톱클리프가 분명했다. 케이츠비는 형언할 수 없는 환희에 벅찬 가슴을 안고 복수할 기회를 자축했다.

웬만하면 잘 들리지 않을 정도로 소음이 미미했음에도 판자 밟는 소리가 들렸다. 케이츠비는 그가 톱클리프일 거라 추정하여 뭍에 이를 때까지 기다린 뒤 급히 서둘러 판자를 발로 찼다. 그에 서 있던 두 사람이 물에 **빠지자**, 등을 감싼 보자기를 벗겨 사내의 얼굴을 비추었다. 예상대로 톱클리프였다.

케이츠비는 포로가 될 주요 인사에 대한 이점을 자각해 당장 죽이고 싶은 충동을 억누르며 허공에 총을 발사했다. 그러고는 칼을 뽑아 쏜살같이 달려들었다. 톱클리프는 자신을 방어하려 했지만 검술과 속도에서 밀려 바닥에 털썩 주저앉았다. 마침 퍼시를 비롯한 동지들이 나타나 건장한 두 장정에게 그를 넘겼다. 케이츠비는 다른 적에게 시선을 돌렸다. 하나는 해자를 건너 도망쳤지만 하나는 거치적거리는 무기 탓에 허우적대고 있었다. 케이츠비가 머리에 총을 겨누자 그는 투항 의사를 밝히며 못에서 끌려나왔다.

반란군은 적이 포진해 있음직한 방향으로 일제히 사격을 감행했지만 몇 명이 살상을 당했는지 확인할 길은 없었다. 케이츠비는 반격을 예상해 한동안 대기하다 현장에 보초를 붙여두고는 톱클리프를 심문하기 위해 자리를 떠났다. 부엌 밑 지하실에 억류된 톱클리프는 두 장정이 지키고 서 있었다. 그는 케이츠비의 물음에 답변을 거부했다. 당장 죽이겠다는 협박도 통하지 않았다. 몸을 수색하는 과정에서 몇 통의 서한이 발견되었다. 케이츠비는 이를 더블릿 속에 밀어 넣고 현장을 나왔다. 보초에게는 신변을 안전을 엄중히 주문해 두었다.

다른 포로도 심문해보니 다루기가 비교적 수월했다. 그에 따르면, 톱클리프는 공모자를 생포할 요량으로 저택에 잠입하려 했고 여의치 않으면 집에 불을 지르려 했다고 한다. 아울러 톱클리프의 병력은 고작해야 열둘뿐인지라 반격을 우려할 필요는 없다고 덧붙였다.

그럼에도 케이츠비는 안전을 위해 보초를 두 배로 늘리고 눈에 띄는 곳에 주동자를 하나씩 배치했다. 모두가 신호를 감지하는 즉시 전투태세를 갖추던 자들이다. 그는 저택으로 가서 톱클리프의 서신을 꼼꼼히 확인했다. 첫 봉인을 뗀 것은 솔즈베리 백작이 보낸 것으로 발송일은 포크스가 런던타워에 구금된 시기였다. 백작은 죄수에게서 자백을 받아내겠다는 의지를 피력했다. 케이츠비의 입꼬리가 쓴 웃음으로 살짝 올라갔으나 생포할 시 거액의 현상금을 주겠다는 대목에서는 눈살이 찌푸려졌다.

"케이츠비는 반드시 잡아야겠으니 몸 사리지 말고 꼭 생포하시오. 반역자 전부가 탈출하는 한이 있어도 그 놈을 놓쳐선 안 됩니다. 가장 중요한 진술을 확보할 수 있으니 꼭 잡아오리라 믿겠소."

"놈이 웃는 꼴을 어찌 볼쏘냐." 케이츠비가 중얼거렸다. "헌데 비비아나는 왜 …"

솔즈베리 백작은 비비아나를 두고도 같은 명령을 내렸다. 잡히면 혹독한 대가를 치르게 될 터였다.

"오호라!" 케이츠비는 신음했다. "부인이 인간 같지도 않은 이 백정들에게서 무사히 벗어나야 할 텐데."

트레샴이 보낸 편지도 읽었다. 알고 보니 배신자인 그는 솔즈베리와 몬티글이 자신을 토사구팽할까 싶어 마음을 졸이고 있었다. 케이츠비는 통쾌한 희열을 느꼈다. 현재 트레샴은 체포되어 가택연금

중이며 조만간 런던타워로 이송될 것을 우려해 톱클리프를 구워삶았다. 솔즈베리 백작이 자신을 푸대접하지 않게 해달라고 신신당부한 것이다.

"고것 참 쌤통이군!" 케이츠비는 쓴웃음을 지었다. "자네도 우리처럼 배신 좀 제대로 당해봐야지."

세 통의 서신으로 케이츠비는 깊은 생각에 잠겼다. 방에서 홀로 서성이며 한 시간을 보내다 결국에는 복수의 충동에 못 이겨 톱클리프를 죽일 심산으로 지하실에 내려갔다. 그러나 경비병과 죄수는 이미 자취를 감춘 뒤였다. 그는 극도의 굴욕과 분노를 느꼈다. 문은 열려 있었다. 어둔 밤중에 해자로 간 그들은 헤엄을 치며 소리소문 없이 빠져나갔을 것이다.

케이츠비는 부하들이 동요할 것을 우려해 분노를 억누르며 주동자들에게만 포로가 탈출했다는 사실을 털어놓았다(그들도 사실을 숨겨야 한다는 데 공감했다). 일행은 밤새도록 긴장을 끈을 놓지 않았다. 돌발사태가 벌어지지 않을 법한 백주대낮이 되기 전에는 휴식을 포기했다.

느지막이 동은 텄지만 밖은 여전히 음산했다. 저택에 드리워진 안개는 날이 밝기 직전 이슬비가 되었다가 곧 폭우로 돌변했다. 만상이 암울해 기가 꺾이는 것 같았다. 공모자 일행 역시 우울감 탓에 서로의 안부조차 묻지 않았다.

케이츠비는 정찰을 위해 저택 담에 올랐다. 전망은 극도로 암울하고 황량했다. 숲은 안개로 희미하게 보였다. 뜰과 정원이 물바다가 되었고 해자도 폭우로 범람했다. 인근 농가로 소떼를 모는 농부 외에는 아무것도 보이지 않았다. 케이츠비가 부르자 그는 마지못해 해자 언저리로 다가갔다. 동네서 군대를 본 적이 있느냐는 질문에 "그런 적은 없다"고 했으나 에버라드 딕비와 리처드 월시가 5마일(약 8킬로미터) 정도 떨어진 헤일즈 오웬 근방에서 교전을 벌인 적은 있다고 밝혔다. 에버라드 일행이 완패를 당해 경이 잡혀갔다는 것이다.

케이츠비는 큰 충격에 휩싸였다. 마지막 한 가닥 희망마저 끊어졌기 때문이다. 그는 한동안 생각에 잠긴 채 아래층으로 내려갔다. 홀에 와 보니 밤새 지펴둔 불 주변으로 대다수가 모여 있었다. 그들은 젖은 옷가지를 말리며 이야기를 나누었고, 아침을 배불리 먹은 후로는 어지간히 기운을 차렸는지 앞으로 이런저런 공적을 세우겠다며 떠들어댔다.

케이츠비는 이를 한 귀로 흘려보냈다. 모든 것이 끝이라는 생각뿐이었다. 마지막 기회를 놓친 상황에서 조만간 전쟁을 치러야 하니 말이다. 그는 안채로 들어가 동지들과 함께 테이블에 앉았으나 아무것도 먹지 않고 넋을 잃은 채 침묵을 이어갔다.

"이번엔 내가 한마디 해야겠구려." 그랜트가 침묵을 깼다. "낯빛은 왜 그리 어두운 거요?"

"에버라드 딕비 경이 잡혔답니다. 그러니 통탄할 수밖에요. 우리와 함께 죽었어야 했는데."

이내 분위기가 어수선해졌다.

케이츠비는 일어나 문을 닫았다.

"몇 시간 내로 공격을 감행해 올 겁니다. 기적이 일어나지 않는 한 패배는 불 보듯 뻔하니 목숨을 걸고 싸웁시다." 케이츠비는 의연히 말을 이었다. "끝까지 동지를 지키며 함께 죽기로 맹세하십시다!"

"여부가 있겠소이까?" 모두가 이구동성으로 외쳤다.

"앞으로 할 일이 많으니 억지로라도 뭘 좀 먹어두어야겠구려."

케이츠비는 빵을 베어 물고 와인 한 잔을 들이키고는 각 방을 다니며 무기를 점검하고 당당한 표정과 화술로 장정들을 격려했다. 기세를 꺾을 만한 돌발사태가 벌어지지 않는다면 가열하게 저항했을 것이다.

"최후의 전쟁에서 승리할 수 있다면 난 죽어도 여한이 없소이다. 끝까지 좌절하지 않고 싸우리다."

11시까지 내리던 비가 그치자 안개가 살짝 걷혔다. 정오 무렵, 담 위에서 동정을 살피던 케이츠비는 숲을 나온 기병대를 발견했다. 즉각 경종을 울려 모두가 무기를 갖추었다.

군대와 저택 사이의 거리는 100야드(91미터)가 채 안 되었다. 케이츠비는 뜰로 달려가 입구 근처의 담에 올라 적의 동태를 주시하며 명령을 하달했다. 당시 왕정주의자들의 수장은 리처드 월시 경이었고 톱클리프와 존 폴리엇 경이 각각 좌·우편을 차지했다. 바로 뒤에는 케틀바이와 살와예 및 코니어스를 비롯하여 전날 포세 코미타투스(고대 잉글랜드의 민병제)에 가담한 자들이 줄을 이었다. 나팔소리와 함께 기병 하나가 반군을 향해 큰소리로 어명을 선포했다. 주동자를 넘기고 항복하라는 것이었다. 기병은 말을 마치기가 무섭게 케이츠비가 쏜 총에 사망했다.

왕정주의자들의 독기어린 함성이 울리며 마침내 공격이 개시되었다. 리처드 월시 경이 도개교 반대편 지점을 공격하라고 지시하는 동안 존 폴리엇 등은 흩어져 저택을 완전히 포위했다. 반군이 기를 쓰며 물리쳤음에도 수많은 공격수들이 판자를 밟고 해자를 건넜다.

케이츠비는 리처드 월시 경의 부하를 물리치고 두 손으로 판자를 동강냈다. 이 과정에서 신변이 노출된 까닭에 총격을 금하라는 집행관의 명령이 없었다면 그는 이미 저세상 사람이 되었을 것이다.

반란 주동자들 또한 불굴의 용기로 몸을 사리지 않았다. 수많은 왕정주의자들이 해자를 건너 정원에 진입했음에도 이렇다 할 소득은 없었다. 존 폴리엇 경과 톱클리프는 계속 몰아붙이라고 촉구했지만 총격이 멎을 조짐이 보이지 않자 전세가 흔들리기 시작했다.

톱클리프가 부하를 집결시키기 위해 안간힘을 쓸 무렵, 은폐해온 벽문이 열리며 케이츠비가 십부장인 그를 향해 진격했다. 그는 톱클리프 및 부하들과 맞서 일부는 칼로 죽이고 저항하는 몇몇은 해자에 빠뜨렸다. 폴리엇과 톱클리프는 케이츠비가 옆에 끌어다 놓은 판자를 가로질러 간신히 탈출에 성공했다.

그러나 승전에 대한 희망은 산산이 부서지고 말았다. 저택 맞은편 건물에서 고함소리가 들려왔다. 뭉게뭉게 피어오르는 연기를 목도한 케이츠비는 가슴이 철렁 내려앉았다. 저택에 화마가 닥친 것이다. 분노와 절망이 뒤엉켜 절규를 토해냈다. 그러고는 현 위치를 벗어나지 말라는 명령을 남기며 화재현장으로 달려갔다.

기병 하나가 던진 횃불로 별채에 화염이 이글거렸다. 주인공인 존 스트릿은 훗날 공로가 인정되어 유명세를 떨치게 된다. 케이츠비는 불을 끄려 했지만 너무 경황이 없던 터라 진화는 무리였다. 이러다 저택이 무너져 내리는 건 아닐까 싶기도 했다.

악재에 악재가 겹쳤다. 또 다른 무리가 해자를 건너 뜰에 잠입한 것이다. 룩우드는 치열한 접전 끝에 총알이 팔을 관통하고 창상을 입어 부하의 부축으로 겨우 저택에 발을 붙일 수 있었다. 당장 죽여달라고 간청했지만 부하는 이를 거부했다.

이때 도개교가 내려가자 적들은 대거 함성을 지르며 이를 건넜다. 케이츠비는 돌이킬 수 없는 패배를 직감했다. 가까이 서 있던 크리스토퍼 라이트를 불러 뜰로 질주했고 둘이 도착하자마자 적들도 들이닥쳤다.

양측은 전력도 비등하고 숫자도 많았지만 반란군의 사기는 크게 떨어졌다. 최후를 직시한 탓에 많은 이들이 무기를 버리고 투항했으나 일부 반란군들은 담 위에서 존 라이트의 명령에 따라 총격을 멈추지 않았다.

케이츠비는 선봉에 서서 절망감에 격분하며 계속 싸움을 벌였다. 크리스토퍼 라이트가 옆구리에 총상을 입자 그에게 달려가던 그랜트는 기병의 칼에 부상을 입고 말았다. 케이츠비는 동지들을 지켜보느라 정신이 없었지만 토머스 윈터에게는 힘을 내라고 격려했다.

"더는 못 버틸 것 같구려. 석궁에 맞아 오른팔이 움직이질 않소이다."

"그럼 목숨을 끊으시오." 케이츠비가 소리쳤다.

"사형대에서 죽어야 할 놈이 어딜 감히!" 톱클리프는 토머스 윈터에게 달려가 그를 붙잡아 후방으로 끌고 갔다.

케이츠비가 결연한 의지로 싸움을 이어가자 리처드 월시 경은 생포의 필요성을 느끼지 못해 결국에는 금지령을 철회하며 그를 죽이라고 명령했다.

반란군 대다수가 무기를 버렸고 담 위에 포진해 있던 병력도 속절없이 붙잡혔다. 이때 존 라이트는 투항을 거부해 살육을 당했다. 케이츠비는 퍼시 및 일행 여섯과 함께 필사적인 반격에 나섰다.

싸움을 벌이던 중 케이츠비의 검이 부러졌다. 포위를 당해 퇴각도 무리였다. 그는 퍼시와 등을 맞대고 계속 항전을 벌였다. 불리한 전세에도 장시간 필사적으로 저항했다.

"퍼시, 서약을 기억하시오! 사형대에는 끌려가지 않겠노라 맹세하지 않았소?"

케이츠비의 죽음

"걱정 마시구려. 여길 살아서 나가진 않을 테니 …."

퍼시는 말을 마치기도 전에 쓰러졌다. 목숨을 잃을 만큼 심각한 총상을 입은 것이다. 퍼시의 가슴을 관통한 총탄에 케이츠비도 부상을 입었다. 총격을 가한 장본인은 앞서 말한 존 스트릿이었다.

케이츠비는 병력을 총동원해 몇 차례 심대한 타격을 가하고는 그들을 뚫고 저택으로 갔다. 출입문에 이르렀지만 기력이 없어 철썩 쓰러졌다. 그는 현관 안으로 기어가 큼직한 성모 마리아상에 두 팔을 안고 발에 입술을 댔다. 뒤를 밟던 스트릿이 양손에 검과 총을 들고 처단할 각오로 나타났으나 케이츠비의 목숨은 이미 끊어진 뒤였다.

"오, 이런!" 리처드 월시 경과 함께 케이츠비를 따라온 톱클리프가 탄식했다. "먹잇감을 빼앗기고 말았군. 허나 솔즈베리 백작이 이 사달을 용서하진 않을걸세."

"그래도 제 손으로 끝을 내 다행입니다. 단발에 두 반역자를 처단했다는 건 두고두고 화제가 될 겁니다."

"물론 보상이야 섭섭지 않게 받겠지." 톱클리프는 빈정거리며 말을 이었다.

"상에는 관심이 없습니다. 전 의무를 다했을 뿐입니다. 게다가 친구인 리처드 트루먼의 원수도 갚았으니까요. 어명을 선포하는 친구를 죽인 놈이 바로 케이츠비였습니다."

"자네의 용맹한 공로는 폐하께 특별히 고하겠네."

스트릿은 그가 약속을 지킨 덕분에 매일 2실링씩—당시에는 결코 작은 액수가 아니었다—연금을 받으며 생활했다.

폭동은 이제 끝이 났다. 몇 안 되는 반란군이 수장을 잃은 후에도 분투했지만 결국에는 현장에서 체포되었다. 리처드 월시 경과 톱클리프는 다른 주동자를 찾고 있던 중 목숨은 가까스로 붙어 있으나 중상을 입고 홀에 쓰러져 있는 룩우드와 그랜트를 발견해 즉각 신병을 확보했다. 룩우드는 안간힘을 쓰며 가슴에 단검을 꽂으려 했으나 리처드 월시 경이 이를 저지했다.

"빈손으로 갈 수야 없지 않겠나?" 톱클리프가 빈정댔다. "케이츠비에 비해 변변치는 못하지만 말이야."

"케이츠비는 탈출했소?" 그랜트가 신음하며 물었다.

"암, 저세상으로 갔지."

"약속은 지켰구려."

"일부 형벌이야 피했을지 몰라도 최악의 형벌까지 그러진 못할걸세. 사지는 런던의 관문마다 걸릴 테고 머리는 대교로 보낼 테니까. 너희 역도들은 … 굳이 말하지 않아도 알겠지?"

"각오는 되어 있소이다."

리처드 월시 경과 톱클리프는 경비병을 세우고 죄수들의 신병을 확인했다. 혹자는 인근 개활지로 탈출을 시도하다 다시 붙잡히기도 했다.

죄수는 모두 스타워브리지로 이송되어 이곳에 투옥되었다. 그 후 리처드 월시는 전령을 통해 솔즈베리 백작과 추밀원에 자초지종을 보고했다.

해글리

기억하다시피, 로버트 윈터는 사고 직후 홀비치를 떠난 후로 돌아오지 않았다. 복잡한 마음을 추스르기 위해 근처에 있는 숲을 배회하다 스티븐 리틀턴과 마주쳤다. 그도 같은 날 동지들을 떠났었다. 윈터는 참혹했던 폭발사건을 꺼내다 하느님과 사람이 모두 등을 돌린 것 같다는 소회를 밝히며 투항을 제안했다. 스티븐 리틀턴의 격한 반대로 결국에는 탈출하자는 쪽으로 가닥을 잡았다. 물론 쉬운 일이 아닌지라 그럴듯한 계획을 세우기가 어려웠다. 자금은 넉넉했지만 지금 같은 형편에서는 천금도 무용지물이었다. 거액의 현상금이 걸려 있는 데다 온 나라가 경계하고 있으니 어떻게 은신처를 찾아야 할지도 막막했다. 오랜 논의의 끝에 그들은 모든 가옥을 피하며 스타워브리지로 떠났다.

처칠 맞은편에서 스타워브리지에 이를 무렵—강은 걸어서 건널 만했다—리처드 월시 경의 군대가 다가오고 있었다. 둘은 몸을 숨기기 위해 도랑 속으로 뛰어들었다. 날이 어두울 때를 기다렸다가 목숨을 걸고 스타워강을 건넜다. 장시간 쏟아진 비로 아침에 비해 물이 많이 불어나 있었다. 그들은 스티븐 리틀턴의 여동생인 리틀턴 여사를 보호하기 위해 그녀의 해글리 저택에 갈 계획이었다. 강 반대편에서 약 2마일(3.2킬로미터) 떨어진 곳에 위치한 대저택은 광활한 정원 한복판에 자리를 잡았으나 하릴없이 갑절이나 되는 길로 우회해야 했다. 저택에 도착해 뜰에 잠입하려던 차에 현장을 점거하고 있던 월시 경의 군대가 눈에 띄었다.

불안과 과로로 심신이 지친 데다 딱히 갈 곳도 없던 그들은 정원을 나와 어느 가난한 노파의—당시 두 아들은 비운의 원정에 가담해 홀비치에서 전투태세를 갖추고 있었다—오두막을 어렵사리 찾아냈다. 노파는 독실한 가톨릭 신도인지라 믿을 수 있을 거라 생각했다. 오두막에 도착해 창가에서 내부를 슬쩍 들여다보았다. 노파가 홀로 고기를 굽고 있는 것 같아 빗장을 올려 집안으로 들어갔다. 노파는 기척에 몸을 돌리다 깜짝 놀라 비명을 지르며 손가락으로 뒷방을 가리켰다. 신분이 노출된 것 같아 아차 싶었지만 도망칠 겨를은 없었다. 이때 건장한 기병 하나가 노파의 비명을 듣고 방에서 나왔다. 행색을 보아하니 반란군임이 적실했고 온통 얼룩투성이긴 했지만 복장이 화려해 거물급 인사인 듯싶었다. 기병은 총 두 자루를 꺼내 머리를 겨누며 즉각 투항을 명령했다.

둘은 너무 기겁해 저항은 엄두도 내지 못했다. 기병은 노파를 불러 포박할 밧줄을 가져오라 주문하고는 허리띠를 풀어 로버트 윈터의 팔을 뒤로 묶으려 했다. 그가 총을 내려놓자 노파는 이를 재빨리 채 스티븐 리틀턴에게 건넸다. 총구는 다시 기병의 머리로 방향을 틀었다.

이번에는 두 공모자가 기세를 몰아갈 차례였다. 노파의 도움으로 결박에서 풀린 로버트 윈터는 스티븐과 함께 기병을 덮쳐 바짝 엎드리게 하고는 뒷방으로 끌고 가 옷을 벗겼다. 스티븐 리틀턴은 그의 옷으로 갈아입고 기병의 손과 발을 묶고 난 후 다시 노파에게 갔다. 그녀는 로버트 윈터의 부탁으로 아들 옷을 주고 가장 좋은 음식을 대접했다. 얼마나 배가 고팠던지 음식이 순식간에 사라졌다. 노파는 온 나라가 역도를 일망타진하는 데 혈안이 되어 있다고 밝혔다. 리틀턴 여사도 용의자인지라 저택이 수색을 당했다고 하나, 험프리 리틀턴은 거사에 가담하지 않아 아직 체포되진 않았지만 나중에라도 거사에 연루된 것으로 판명될지 모른단다. 노파는 가급적이면 신원을 노출시키지 말라고 신신당부했다. 그러나 로버트 일행은 노파가 더 걱정이었다. 오두막을 떠나고 나면 무슨 일이 벌어질지 몰랐기 때문이다.

"피할 수만 있다면 피는 흘리고 싶지 않소이다." 스티븐 리틀턴이 첫마디를 뗐다. "하지만 지금처럼 필요하다면, 즉 내가 죽을 상황이라면 피를 봐도 합당하다고 봅니다. 저 녀석을 죽일까요?"

"굳이 그러지 않아도 된다면 살려두시구려. 나리가 가면 나도 여길 떠날까 합니다. 안전한 이웃집에 머물러 있을 테지만 내 신변이 뭐가 중요하겠수. 두 아들을 잃었으니—이미 죽었다고 생각하고 있으니—더는 연명할 이유가 없다우."

둘은 무슨 말을 해야 할지 몰라 한동안 침묵하다가 노파의 권유로 윗방에 올라가 침상에 누워 두어 시간 눈을 붙였다. 노파는 기병을 주시하고 있었다. 공모자들은 총 한 자루를 쥐여 주며 기병이 수작을 부리면 사정없이 머리를 쏘라고 주문했다. 노파는 3시에 그들을 깨웠다. 그간 별일은 없었다.

보답으로 후한 사례금을 건넸으나 노파는 손사래를 쳤다. 그들이 떠난 후 노파도 이웃의 오두막에 갔다. 몇 주간 은신해 있던 차에 아들이 홀비치에서 죽임을 당했다는 소식이 전해지자 노파는 슬픔을 이기지 못해 그만 숨을 거두고 말았다.

두 공모자는 피로가 해소되어 개활지를 계속 걸었다. 일기는 홀비치에서 동지의 사기를 떨어뜨렸을 때와 같았다. 잇단 폭우로 마른 실오라기 하나 없을 만큼 옷이 흠뻑 젖었다. 물론 변장을 했으니 신원이 노출될 염려는 거의 없었다. 그들은 스태퍼드셔 로울리 레기스 쪽으로 신속히 진행했다. 로울리는 해글리에서 5마일(8킬로미터) 정도 떨어진 곳으로 펠버로우라는 농부가 살고 있었는데 험프리 리틀턴의 소작인인지라 동지가 될 수 있을 것 같았다. 지리는 훤히 꿰고 있었지만 자욱한 안개로 갈피를 잡지 못해 엉뚱한 길에서 한참을 헤맸다. 시야가 확보될 무렵 그들은 버밍엄에서 약 4마일(6.5킬로미터) 떨어진 월리 캐슬에 이르렀다.

변장을 하고 있어 남이 신원을 눈치 채지 못할 거라는 생각에 가도를 타고 한 농가에 이르렀다. 일찌감치 허리띠로 동지의 팔을 결박한 스티븐 리틀턴은 스타워브리지에서 버밍엄으로 죄수를 호송

중이라고 밝혔다. 집주인은 기병이라는 스티븐에게 아침을 제공했다. 얼마 후 식사를 마치자 수상쩍은 눈으로 지켜보던 그가 '기병'에게 말을 건넸다.

"나리, 엣지버스틴 쪽으로 가시다 보면 동지들을 만날 수 있을 것입니다. 나리가 누군지는 잘 알고 있지만 절대 누설하지 않을 테니 어서 서두르십시오." 그는 식솔이 들을 수 없도록 조용히 이야기했다.

스티븐 일행은 조언대로 시야에서 벗어나자마자 로울리 레기스 방향으로 동네를 가로질러 목적지인 농가에 도착했다. 목적지까지는 한 시간이 걸렸다.

집에 딸린 헛간에서 혼자 일을 보고 있던 펠버로우는 그들을 보자 흔쾌히 은신처를 제공했다. 아무도 눈치 채지 못한 상황에서 다락에 쌓아둔 건초더미 중에 숨긴 것이다. 그러고는 마치 아무 일도 없었다는 듯, 하던 일을 마무리했다. 식량을 제공했다가는 자칫 의심을 살 수 있어 날이 저물 때를 기다렸다가 다음날 먹을 양식을 넉넉히 가져다주었다.

그렇게 일주일이 흘렀다. 공모자들은 꿈쩍도 하기 어려웠다. 이웃에까지 꼬리가 밟힌 데다 추적이 끊이질 않았기 때문이다. 펠버로우는 인부들을 더는 헛간 밖에 붙잡아 둘 수 없었고 집안 여인들도 식량이 자꾸 줄어 의구심을 갖기 시작했다. 뭔가 수상한 낌새를 챈 것이다. 펠버로우가 다른 은신처를 찾아야겠다고 귀띔하자 스티븐 일행은 야심한 밤 퍼키스라는 농부의 집으로 이동했다. 펠버로우가 공모자들의 행방을 털어놓을 만큼 사이가 각별했던 그는—해글리 파크 변두리에 살고 있었다—은신처를 제공하는 대가로 거액의 사례금을 약속받았다.

퍼키스는 집에서 조금 떨어진 곳으로 나와 그들을 만난 뒤 보리 낟가리로 안내했다. 은신처로 점찍어 둔 곳이었다. 그는 여종과 사환에게 비밀을 일러주고는 공모자가 입막음용으로 준 돈을 쥐여 주었다. 공모자들은 거의 죄수나 다름없었다. 옷을 갈아입기는커녕 운신도 못하는 신세로 거의 6주를 보낸 것이다. 그간 사환에게서 틈틈이 입수한 정보에 따르면 수색은 아직 끝나지 않았다고 한다. 하지만 최악의 사태는 지나갔으리라는 마음에 희망의 끈은 놓지 않았다. 이는 스티븐 일행을 긴장하게 만든 사건을 두고 한 말이다.

리틀턴 여사의 사육장을 관리했던 퍼키스는 뚱뚱하고 건장한 요면(yeoman, 영국사에서 젠트리와 노동자 사이의 중간 계층을 말함. 요면은 대개는 지주였으나 가신·호위병·종자·하급관리가 될 수도 있었다—옮긴이)으로 동료인 포인터와 함께 토끼를 잡으러 나갔다가 흙투성이가 되어 돌아왔다. 그날 둘은 맥주 한두 컵을 들이켜고 헤어졌으나 포인터는 고단키도 하고 술기운에 졸리기도 해 퍼키스의 헛간에서 잠을 청하기로 했다. 헛간 다락에 올라 짚더미에 눕는 순간 그는 공모자들을 위해 마련해 둔 공간에 푹 빠지고 말았다. 이때 흠칫 놀란 일행은 그를 즉시 붙잡았다. 포인터는 집시나 강도에게 걸렸다는 두려움에 목숨만은 살려달라며 애걸복걸했다. 처음에는 그럴 생각이 없었지만 가련키도 하고 비밀은 누설하지 않겠노라 굳게 맹세해 목숨은 살려두기로 했다. 단 현장에 머물러 있을

동안에는 포인터도 그곳을 벗어나선 안 되었다.

　이튿날 아침 퍼키스는 동료가 은신처에 빠졌다는 사실을 듣고 크게 놀랐지만 스티븐 일행의 처신에 적극 동조했다. 포인터는 호락호락 잡혀 있을 인물이 아닌지라 어떻게든 빠져나가 현상금을 손에 쥘 궁리만 하고 있었다. 마침 한 가지 묘안이 떠올랐다. 그는 퍼키스와 사냥을 하던 중 다리에 경미한 부상을 입었다. 하지만 헛간에 갇혀 있어야 했던 터라 염증이 심해져 위험한 지경에까지 이르고 말았다. 공모자들에게 사정을 밝혔으나 자리를 뜨게 할 수는 없다는 말에 그는 퍼키스를 불러 환부에 바를 연고를 가져다 달라고 부탁했다. 연고를 가져오자 포인터는 밝을 데로 가서 발라야 한다며 낟가리를 기어 올라갔다. 며칠간은 도망치지 않았지만 경계가 점점 느슨해지자 그는 다락 맞은편으로 내려가 얼른 빠져나갔다.

　두 공모자는 서로가 자초한 실수에 탄식했지만 이를 돌이킬 순 없었다. 포인터를 좇을 생각은 엄두도 내지 못한 채 당일 안으로 잡힐지 몰라 노심초사했다. 퍼키스가 오기 전까지 은신처에 찾아온 사람은 없었다. 한편 자초지종을 들은 퍼키스는 크게 신경이 쓰이진 않는다는 눈치였다.

　“걱정하지 않으셔도 될 듯합니다. 자금을 좀 주시면 즉시 찾아 뇌물로 입단속을 시키겠습니다.”

　“여기 50마크가 있소. 부족하면 더 드리리다.” 스티븐 리틀턴이 말했다.

"그 정도면 충분합니다. 입을 한번 막아보지요."

퍼키스의 말에 한시름 놓였다. 그는 한 시간이 채 안 되어 돌아왔다. 포인터를 만나 돈을 건넸고 비밀을 지키겠다는 맹약을 받아냈다는 것이다. 공모자 둘은 이에 마음이 한결 가벼워졌다.

"나리, 훨씬 더 좋은 소식을 가져왔습니다. 리틀턴 여사가 오늘 런던으로 출발하셨답니다. 험프리 리틀턴 나리가 오늘 자정에 두 분을 저택으로 모시고 오라시더군요."

희소식에 마음이 흡족해진 그들은 퍼키스가 오기만을 조급하게 기다렸다. 그는 자정 직전에 돌아와 함께 집밖을 나왔다. 퍼키스의 집은 저택에서 1마일(1.6킬로미터) 정도 떨어진 터라 정원에 들어서기까지는 얼마 걸리지 않았다. 12월 중순의 밤은 청명하면서도 몹시 추웠다. 바스락거리는 떼를 지르밟고 잎이 진 수목을 둘러보며 자유를 되찾게 해주신 하느님께 조용히 감사의 기도를 올렸다. 저택 근방, 대로 끝자락에서 기다리던 험프리 리틀턴은 그들을 다정히 안아주었다.

서로가 기쁨에 겨워 눈시울이 붉어졌다. 험프리 리틀턴은 동생이 무덤에서 부활한 것이나 진배없었다. 그들은 퍼키스에게 감사의 뜻을 전하며 사례금을 약속하고는 일찌감치 열어둔 창을 통해 저택에 들어갔다. 험프리 리틀턴은 자신의 방으로 들어와 새 옷을 꺼내 주었다. 장기간 옷을 벗을 수조차 없었던 터라 환복만도 엄청난 호사를 누린 듯했다.

도망자를 집안에 들였다는 사실은 요리사인 존 오클리를 제외한 모든 식솔에게 비밀로 했다. 오클리만은 험프리 리틀턴이 미덥다고 생각했기 때문이다. 그가 만찬을 준비해 방으로 가져왔을 때 공모자 일행은 땔감을 쌓아둔 화로 앞에 앉아 있었다. 마음껏 먹어도 된다는 인사치레는 필요치 않았다. 로버트 윈터는 건배에 흥이 올라 함께 있던 요리사에게 너스레를 떨었다.

"잭, 거의 두 달 동안 진미는커녕 불구경도 해본 적이 없는 손님이 집에 있다는 걸 안주인이 상상이나 할까요?"

"참으로 애석한 일이군요." 요리사는 고개를 저으며 맞장구를 쳤다. "제가 나리께 와인이나 맥주를 한 잔 대접하고 싶습니다만 (주류) 관리인이 지금 잠을 자고 있는 터라 이 시간에 그를 깨웠다가는 의심을 살 수 있으니 괜찮으시다면 나리 …" 그가 험프리 리틀턴에게 고개를 돌리며 말을 이었다. "정원에 있는 모친 오두막에 가서 에일 맥주 한 병을 가져다 올리겠습니다요."

요리사는 허락을 받아 저택을 떠났다. 그는 날이 새기 전에 공모자가 체포될 수 있도록 모친에게 신고를 종용할 생각뿐이었다.

오두막에 이르고 보니 등이 집안을 밝히고 있어 분위기가 심상치 않았다. 모친의 집에는 두 사내도 있었다. 하나는 포인터였고, 하나는 리틀턴 여사의 집사인 로버트 해즐우드였다. 포인터는 반역자들이 아직은 보리 낟가리에 있을 거라며 그간의 자초지종을 이실직고

했다. 역도를 잡기 위한 방편을 논의하던 차에 요리사가 들어온 것이다.

"새는 이미 날아갔소이다. 둥지를 보면 금세 알 수 있을 거요. 하지만 내일 아침 병력을 대동해 저택에 오면 행방을 알려드립죠. 단, 현장에는 나타나지 않더라도 내 몫은 계산해 주셔야 합니다."

그는 계획을 마무리하고 모친에게서 맥주를 받아 저택으로 돌아갔다. 공모자 일행은 술을 다 마신 후 침상에 눕자마자 곯아떨어지고 말았다. 심신이 지칠 대로 지친 사람들만이 누릴 수 있는 숙면을 취했달까. 평온한 밤은 그때가 마지막이었으니 곤히 잠드는 편이 차라리 나을 것이다!

험프리 리틀턴은 앞서 말한 대로 요리사를 신뢰하고 있던 터라 방열쇠를 맡기며 아침에 그들을 깨워달라고 당부했다. 존은 전리품의 신병을 확보했다는 흡족한 기분으로 잠자리에 들었다.

시곗바늘이 7시를 가리킬 무렵, 존은 놀란 기색으로 허겁지겁 방에 들어와 소리쳤다.

"해즐우드 집사와 관리들이 들이닥쳤습니다. 집을 뒤지겠다는데 포인터도 같이 있더군요."

"놈이 우릴 배신하다니!" 스티븐 리틀턴이 이를 악물었다. "녀석을 살려준 우리가 바보지!"

"지금 이렇게 한탄만 하고 있을 때가 아닙니다. 여길 빠져나갈 수 있도록 도와드리겠으니 저만 믿으십시오."

"우리 목숨은 전적으로 자네 손에 달렸네." 스티븐 리틀턴이 말했다.

"나리, 일단 아래층으로 내려가 주십시오." 요리사가 험프리 리틀턴에게 당부했다. "해즐우드 집사를 붙잡고 몇 분만 시간을 끌어주시면 이 분들을 모시고 나가겠습니다."

험프리 리틀턴은 그의 주문대로 집사에게 내려가 각 방을 안내하겠다고 말했다.

"여기 있다는 걸 알고 왔으니 놈들을 찾기 전에는 절대로 나가지 않을 겁니다. … 아차!" 해즐우드는 뭔가가 떠오른 듯 능청스레 말을 번복했다. "그래, 집안에는 없다고 했지? 그렇담 정원에 있을지도 모르겠군. 정자로 가봄세."

그는 포인터와 여섯 명의 장정을 데리고 험프리 리틀턴—아연실색하며 당혹감을 감추지 못했다—과 함께 저택을 나왔다.

이때 존 오클리는 복도를 따라가다 계단을 내려가 정원으로 통하는 쪽문으로 인도했다. 그러나 공모자들은 신속히 문을 열고 나가자마자 해즐우드 일행과 마주치며 현장에서 체포되고 말았다. 결국 그들은 삼엄한 경비 하에 런던으로 이송, 런던타워에 수감되어 동지들과 함께 재판을 받았다.

오드설 성에서 보낸 마지막 밤

둔처치를 떠난 지 사흘째 되는 날 저녁, 비비아나 래드클리프 일행이 오드설 성에 도착했다. 그간 숱한 난관과 고초를 당해 심신이 지쳐 있었다. 가넷은 대도시를 모두 피해 다니느라 지름길 대신 우회로를 택했다. 혹시라도 잡힐지 몰라 두려웠기 때문이다. 그는 먼 거리를 오갈 때마다 자주 입던 변호사 복장을 했는데 흉내도 잘 내 가짜 역할을 훌륭히 소화해냈다. 비비아나는 가넷의 딸 행세를 했고 사환인 니콜라스 오웬—주인 못지않게 영특했다—과 두 수행원은 각각 사무원과 의뢰인으로 위장했다. 둘째 날 애버츠브롬리에 잠시 들렀을 때 리치필드 인근의 작은 마을에서 저녁을 보내다 이를 수상히 여긴 지주가 그들을 억류한 적이 있다. 가넷이 지주를 접박하지 않았더라면 위기를 타개하긴 어려웠을 것이다. 리크에서도 약 두 시간 가량 감금을 당했다. 당시에는 집주인이 사람을 보내 치안법관이 파견되었으나 가넷의 그럴싸한 변론으로 일행은 즉각 풀려나 무탈히 여정을 마칠 수 있었다.

비비아나는 지난번에 성을 찾았을 때도 비통했지만 이번에는 더욱 더 애가 끓었다. 어슴푸레한 11월 저녁, 바람이 나무를 스치며 황량한 소리를 내자 노란 잎사귀가 땅에 흩어졌다. 저택은 인기척이 없어 을씨년스러웠다. 굴뚝으로 피어오르는 연기는커녕 사람이 살고 있다는 흔적조차 찾을 수 없었다. 내려앉은 도개교를 지나가자 둔탁한 말발굽 소리에 비비아나의 가슴이 진동했다. 다리를 내려오기 전, 그녀는 서글픈 기색으로 주변을 둘러보았다. 오랫동안 방치되어 풀이 무성히 자란 뜰―수년 전에는 여기서 놀곤 했다―과, 가장자리에 앉아 느긋하게 시간을 보내던 해자가 시야에 들어왔다. 주변 숲은 오늘처럼 쓸쓸한 날이든, 절경이 훼손된 날이든 볼 때마다 기분은 좋아졌다. 비비아나는 지붕에서 기초까지 저택을 두루 훑어보며 박공과 모퉁이, 창, 출입구와 벽으로 시선을 옮겼다. 조각상과 석재 장식을 보니 행복했던 추억이 새록새록 떠올랐다.

'과거의 잔해 외에 활력을 불어넣을 기운이 온데간데없다니. … 뜰에 풀은 무성하지만―방에서는 사람 소리가 들리지 않고 홀에서는 따스한 환영조차 받을 수 없으니 무관심과 우울감과 절망이 성을 통째로 삼킨 기분이다. 안주인과 집이 잘도 어울린다.'

가넷 신부는 그녀의 울적한 표정을 보았다. 기분을 전환시켜야겠다고 마음먹은 그는 비비아나를 말에서 내리게 한 후 이를 오웬 일행에게 맡기고는 함께 현관으로 갔다. 지난번에 본 것과 크게 다르진 않았다. 다만 유일하게 달라진 것은 더 볼품이 없어졌다. 천장은 습기로 흰곰팡이 지도 같았고 운치가 있던 스테인드글라스는 갈가리 조각났으며 벽에 걸어둔 고가의 아라스 직물은 누더기가 되어 있었다. 망가진 가구와 벽토가 즐비한 바닥도 습기가 가득했다. 지붕에 난 구멍을 타고 들어온 것이다.

"자매님" 절망한 비비아나를 보며 가넷이 운을 뗐다. "엉망이 된 이곳을 보고 무슨 생각이 드시오? 마냥 낙심할 것이 아니라 원수에 대한 분노를 끌어올리는 귀감이 되어야 마땅하외다. 저들은 정의나 자비를 기대할 수 있는 종자가 아니오. 얼마나 많은 신도의 저택이 이렇게 폐허가 되었으며, 얼마나 많은 귀족과 숭고한 위인들이 선친의 종교를 물려받았다는 이유만으로, 양심이 허락지 않는 교리를 거부했다는 이유만으로 윌리엄 경처럼 죽임을 당했는지 생각해 보시구려! 아니, 더 참혹한 운명을 감내해야 했는지 말이오. 감옥에서 평생을 썩는 와중에도 식솔과 시종은 숱한 고초를 당하고 있소이다! 부인처럼 헌신과 충심이 남다른 귀족의 후손이 황량한 저택에서, 행복한 가정을 앗아가 버린 잔혹한 현실과 잔해를 물끄러미 바라보며 보복을 외치는 돌들의 절규를 듣고 있으니 말이오! 우릴 핍박하는 원수는 저주를 받을지어다!" 그는 두 손을 들며 목소리를 높였다. "원수의 교회는 무너질지어다! 신앙은 으스러지고 권리는 침탈당하며 자녀는 구속되며 가정은 폐허가 될지어다! 이교도가 모두 근절될 때까지 더 처참한 고난이 닥칠지어다!"

"신부님, 그만하세요! 이다지도 참담한 광경을 목도하면서 감정이 격앙될 수는 있을지언정 똑같이 욕설을 퍼부을 순 없지요. 제가 바라는 건—제가 기도하는 건—복수가 아니라 관용이거든요. 후손들이 저 나름대로 자신의 양심에 따라 하느님을 경배할 수 있다면 동지의 고통이 헛되진 않을 텐데요. 우리가 강성했을 때 가톨릭 귀족들이 프로테스탄트에 대한 핍박을 염오한 것 같이 독실한 프로테스탄트(개신교)도 가톨릭을 박해하는 자들의 잔인한 행태를 혐오할 겁니다. 박해로는 구세주(예수 그리스도)가 가르치신 자비를 베풀 수도 없거니와 인륜과 종교의 정신을 계승하지 못할 게 뻔하지 않겠어요? 비통한 마음은 인내하고—푸념도 삼가며—왼뺨을 친 자에게 오른뺨도 돌려댄다면 제단은 서로 다르다손 치더라도 참 신을 믿는 신도가 모두 자유롭게 주님을 경배할 날이 올 겁니다. 원수들의 마음이 누그러지고 말 테니까요."

"자매님, 이교도가 근절되지 않는 한, 판을 치고 있는 거짓교리가 완전히 사라지지 않는 한 그런 날은 오지 않을 겁니다." 가넷이 엄중히 말했다. "로마 가톨릭이 다시 자리를 잡고 과거의 참 종교가 회복되어야만 전 세계에 평화가 깃들 테니까요. 부인이 심각하고도 사악한 오류에 빠져 있으니 이를 바로잡아 드리지요. 교회는 지금 이교도와 전쟁을 벌이고 있소이다. 관대한 수단으로 이를 근절할 수 없다면 무력 동원을 허용, 아니 강행해야 합니다."

"신앙 문제로 신부님과 언쟁을 하고 싶진 않아요. 제 소신과 신념대로 생각하고 행동할 수 있는 것만으로도 저는 만족하는걸요. 좀더 포용적이고 지혜로운 시대가 오면 일방적인 박해는 중단되고 희생자의 고통이 광신도의 마음을 누그러뜨리게 할 날이 올 거라 믿어요. 우리가 배워야 할 교훈이 사악한 거사의 결과에 있을지도 모르지요. 하느님께서 거부하신다는 의사를 표징으로 보여주신 거사 말이에요."

"그렇지 않습니다, 자매님." 가넷이 항변을 이었다. "행동은 그에 따른 결과가 아니라 본질적인 공과에 따라 심판을 받거나 정당화되는 것이외다. 이를 반대한다는 주장은 성경을 의심하는 것과 같습니다. 『판관기(개신교는 '사사기')』에서 읽었듯이, 열한 지파가 베냐민 지파를 상대로 전쟁을 벌이라는 명령을 받았지만 두 번이나 패배한 적도 있지요. 거사가 실패하긴 했으나 이를 두고 왈가왈부할 수는 없습니다. 거사는 높으신 하느님에 대한 신앙을 다시 세우고 파문당한 이교도 군주를 축출하기 위한 계획이니 하느님께서는 이를 외롭다 칭찬하실 것입니다."

"아직도 그릇된 생각을 고집하고 계시니 유감이군요. 신부님이 어떤 궤변으로도 제 소신을 바꾸실 순 없을 거예요. 거사는 하느님과 인간을 모두 배반한 죄니까요. 그와 관련된 사태를 생각하면 모든 가톨릭 신도가 회복할 수 없는 상처를 입은 것 같아 마음이 아프더군요. 가톨릭은 원수에 대해 편협한 시각을 갖고 있어 극악무도한 계획에 동조하고 말았지요. 신부님은 가톨릭의 대의를 훼손했고 만행의 당위성을 인정해 저들이 박해할 구실을 제공했다고요."

"자매님, 이제 그만하십시오. 계속하다가는 부인을 책망할지도 모르니 집안을 둘러보고 묵을 만한 곳이 있는지 찾아보십시다."

장시간을 둘러보고 나서야 비교적 단정한 방을 찾아냈다. 가넷은 비비아나를 안에 들이고 아래층으로 내려갔다. 마침 나콜라스 오웬과 수행원 둘이 있었다.

오웬이 언짢은 표정으로 운을 뗐다. "말을 먹일 여물도 거의 없는 데다, 사람도 들쥐나 생쥐로 허기를 때워야 하지 않을까 싶습니다. 이렇게나 참담한 저택에는 그런 녀석들만 나올 것 같으니까요."

"맨체스터로 가서 식량을 얻어오시게. 발각되지 않도록 최대한 조심하고 …."

"걱정 마십시오. 제가 잡히면 굶긴 하시겠지만 다른 걱정은 안 하셔도 됩니다."

오웬이 저택을 떠나자 가넷은 부엌으로 갔다. 난로에 온기와 불씨가 남아있어 적잖이 놀랐다. 빵 부스러기와 잘게 썬 고기 몇 점도 주변에 널려 있었다. 필시 누군가가 여기서 허기를 때운 것이 분명했다. 주변을 계속 살폈지만 더 이상 수상한 점은 없었다. 혹시라도 숨어 있는 사람이 나올까 싶어 불러 봤지만 반응은 없었다. 수행원 하나가 모락모락 연기가 나는 재에 막대기 두어 개를 올려놓고 다시 부엌으로 돌아오자 불이 타오르고 있었다. 땔감은 망가진 가구를 썼다. 가넷의 주문으로 비비아나의 방에도 난로에 불을 피웠다. 날은 어두워졌으나 오웬은 여태 돌아오지 않았다. 가넷은 초조해졌다. 기대를 접다시피 할 무렵에야 그는 식량을 가득 담은 바구니를 들고 나타났다.

"식량 구하기가 쉽진 않더이다. 두 놈이 미행을 하는 것 같아 길을 돌아 왔습죠. 온 동네가 역모 소식으로 시끄러운데 소문을 듣자하니 가톨릭 가문은 열외 없이 엄단하겠답니다."

가넷은 오웬의 이야기에 한숨을 짓고는 비비아나가 먹을 만한 식량을 골라 위층에 가져다주었다. 그녀는 빵을 조금 먹고 물을 마셨다. 더는 입에 대려 하지 않아 가넷 신부는 하릴없이 부엌으로 돌아왔다. 심신이 고단하던 차에 푸짐한 식사와 와인 한 잔으로 기운을 차렸다.

홀로 남은 비비아나는 무릎을 꿇고 작은 십자가를 꼭 껴안고 열렬히 기도했다. 이때 뒤에서 문이 열리는 소리가 들려 고개를 돌리자 누더기를 걸친 노인이 서 있었다. 백발은 어깨에 걸쳐 있었고 흰 수염은 가슴까지 내려왔다. 그가 천천히 다가가자 비비아나가 일어나기 시작했다. 화염은 더 밝은 빛으로 불청객의 희미한 이목구비를 비추었다.

"여기서 뵐 줄은 정말 상상도 못했는데 …, 아버님의 집사 맞지요? 제롬 헤이독 님?"

"예, 아가씨 맞습니다." 노인은 무릎을 꿇었다. "오, 하느님 감사합니다!" 그는 비비아나의 손을 부여잡으며 눈시울을 적셨다. "아가씨를 뵈었으니 이제 죽어도 여한이 없습니다."

"헤이독 님을 다시 보리라고는 상상도 못했어요." 비비아나가 그를 일으키며 말했다. "옥에서 돌아가셨다고 들었거든요."

"간수가 탈출 경위를 해명할 때 퍼뜨린 말입니다. 그래서 사실이 발각되지 않도록 몸을 숨겨왔지요. 자초지종을 구구절절 다 밝히면 누가 될 터이니 간단히 말씀 올리겠습니다. 헌츠뱅크 감옥에 갇혀 있던 저는 어둔 밤을 틈타 바위 위로 떨어졌다가 바로 강에 뛰어들었지요. 그때부터 익사했다는 소문이 돌았을 겁니다. 교외에서는 헛간이나 별장에 몸을 숨겼고 저택에 돌아와서도 쥐 죽은 듯이 살아왔지요. 험프리 채텀 나리가 도와주시지 않았다면 벌써 주검이 되었을 겁니다. 나리가 때마다 아들 편으로 식량을 보내주셨으니까요. 오늘은 마틴이 런던에 가 있다고 해 나리가 직접 음식을 가져다주시겠다더군요. 아마 내일이면 오실 겁니다."

"정말요! 저도 꼭 만나 뵙고 싶네요!"

"여부가 있겠습니까. 헌데 아래층 사람들도 일행이신 듯하더군요. 인기척은 들었지만 꼼짝도 하지 않고 있었습죠. 이 방은 제가 최근에 쓰곤 했는데 문틈으로 보니 여인인지라 순간 아가씨라는 생각에 겁도 없이 들어왔습니다요. 평소에는 직감을 잘 믿지 않는데도 말입죠. 오! 아가씨가 맞다니. 여기서 다시 뵐 줄이야! 하지만 용모가 많이 수척해지신 걸 보니 고초를 많이 겪으신 것 같습니다."

마침 가넷이 들어왔다. 집사를 보고 소스라치게 놀라자 비비아나가 그를 소개했다.

"당신이 부엌에 불을 지핀 장본인이오?"

헤이독은 고개를 끄덕였다.

"자매님, 작별인사차 들렀소이다. 문은 단단히 잠가두었으니 걱정 말고 편히 쉬십시오. 형제님은 날 따라오시오. 아래서 허기를 좀 채우시구려."

헤이독은 그녀에게 큰 절을 하고 가넷을 따라갔다.

비비아나는 방 안을 서성이다 심신이 고단해 침상에 몸을 던졌다. 얼마 후 눈이 감겼으나 악몽으로 뒤척이다 무언가가 팔에 닿아 문득 잠이 깼다. 상체를 일으키자 등불을 들고 침상 옆에 선 집사가 보였다.

"헤이독 님, 여긴 무슨 일로 …"

"주인 아씨, 곤히 주무시고 계셨군요. 어쩐지 싶었습니다만, 혹시 이 소리 못 들으셨습니까?" 밑에서 문을 두드리는 소리가 크게 울렸다.

비비아나는 잠시 듣다 불현듯 놀란 기색으로 속히 내려갔다. 홀에 모여 있던 가넷 일행은 겁에 질려 있었다. "빨리 숨으세요! 변을 당할지 모르니 어서요! 지체할 시간이 없다고요!"

그녀는 은신할 여유를 두고 난 후 밖에 누가 왔는지 물었다.

"동지요."

"닥터 디의 목소리군요." 헤이독이 말했다.

"정말이요! 어서 안으로 모시세요."

헤이독이 문을 열어 모피가운을 걸친 닥터 디를 맞이했다. 켈리와 험프리 채텀도 그와 동행했다.

비비아나는 그들과 인사를 나누었다. "채텀 님, 때맞춰 잘 오셨어요. 정말 뵙고 싶었거든요. 내일 사람을 보낼 참이었는데 제가 여기 있는 건 어떻게 아셨나요?"

"크럼셀 집에 있다 켈리의 호출을 받았소. 부인이 오드셀 성에 있는데 닥터 디가 당신을 만난다기에 저도 같이 가겠다고 했지요. 그때 부름을 받아 이렇게 찾아온 것이오. 그렇게만 일러두지요."

"선뜻 와 닿진 않네요."

"문을 닫고 빗장을 단단히 채워두게." 닥터 디의 주문에 켈리가 문을 닫자 그는 비비아나의 손을 잡고 홀 끝으로 갔다.

"부인을 살리기 위해 여기까지 달려왔소이다. 조만간 큰 화를 당할 거요."

"그건 저도 잘 알고 있습니다만 심판을 회피하고 싶진 않아요. 이젠 사는 것도 지쳤으니 기꺼이 포기하려고요."

"기억을 떠올려 보시오. 가이 포크스에게는 거사가 참극으로 막을 내릴 테니 손을 떼라고 종용했소이다. 하지만 내 말을 듣지 않아 이 사달이 난 게 아니겠소. 런던타워에 수감되었으니 말이오."

"저도 런던타워에 가서 그이와 함께 생을 마감하고 싶을 뿐인걸요."

"부인이 거길 가면 포크스보다 먼저 죽을 거요."

"전 상관없어요."

"비비아나 래드클리프 부인." 닥터 디가 연민에 찬 어조로 말을 이었다. "참으로 애석하기 그지없소이다. 극악무도한 반역자인데 콩깍지가 단단히 씌웠구려. 모친과의 우정을 생각해서 부인을 돕고 싶었고 부인의 행복을 진심으로 바라 마지않았소이다. 이제 결국은 부인 손에 달렸소만 이번에도 그릇된 길을 선택한다면 결정된 운명대로 비명횡사하게 될 것이오. 안전은 내가 책임지겠소. 아니, 무엇보다도 저택의 안주인이 될 수 있도록 힘써 보겠소이다. 재산도 되찾아 주겠소."

"분명 약속하신 거죠?" 비비아나는 애처롭게 미소를 지었다.

"아직은 아니외다. 가이 포크스의 죽음으로, 속박하고 있는 사슬에서 부인이 해방된다면 그리할 것이오. 가이 포크스와의 혼인으로 불행이 닥쳤으니 험프리 채텀과 백년가약을 맺으시구려."

"그럴 순 없어요. 마음의 비밀까지도 읽을 수 있다면 제가 일언지하에 거절하리라는 것도 이미 알고 계셨을 텐데요."

이때 채텀이 홀연히 다가왔다. "제가 관여했다고는 생각지 말아주십시오, 부인 성격을 잘 아는지라 그런 제안은 저라도 손사래를 쳤을 겁니다." 그러고는 닥터 디에게 말을 이었다. "나리, 애당초 받아들이기 힘든 조건은 걸지 않으면 좋겠습니다."

"역시 솔직하시네요." 비비아나가 응수했다. "채텀 님은 제가 고집을 부리더라도 의외라고 생각하지는 않겠지요. 닥터 디의 제안을 수락하면 행복에서 더 멀어질 게 뻔한걸요. 행여 약속대로 몰수당한 재산을 되찾는다손 치더라도 말이죠. 저는 회복할 수 없는 충격을 받았기 때문에 제가 기댈 수 있는 안식처는 오직 무덤뿐이랍니다."

"오호라!" 채텀은 애절한 목소리로 탄식했다.

"정말 송구스럽지만 …" 비비아나가 말을 이었다. "부탁 한 가지만 들어주시겠어요? 쉽진 않겠지만 제 마지막 부탁이 될 듯합니다."

"괜찮으니 어서 말해 보시구려."

"런던으로 가서 추밀원 관리들 앞까지 데려다주세요."

"그러리다."

둘 사이에 오간 대화를 주의 깊게 듣던 닥터 디가 입을 열었다. "부인을 방면시킬 수 있는 근거를 이실직고하면 마냥 터무니없는 제안은 아니라고 생각할 거요. 사실 화약 테러 공모는 내가 솔즈베리 백작에게 흘린 정보였소. 비록 꿍꿍이가 있어 끝까지 숨기긴 했소만 내게는 큰 빚을 진 셈이지요. 그러니 내 부탁을 가볍게 넘기긴 어려울 것이오."

"죗값은 받을 거예요."

"어떤 꼴을 당할지 뻔히 아는데도 말이오?"

"회피할 생각은 추호도 없는걸요."

"알았소. 그럼 떠나기 전에 한 가지만 더 일러두리다. 가넷 신부가 여기에 묵고 있을 터인데, 아니라고는 하지 마시구려. 날 속일 수는 없소이다. 체포 명령이 떨어졌으니 내일까지 여기에 있다가는 잡힐 게 뻔하오. 올드콘 신부도 마찬가지올시다. 꼭 알려주시구려. 그럼 이만 가겠소!"

닥터 디는 등을 들고 켈리와 함께 저택을 떠났다.

험프리 채텀은 잠시 시간을 내 비비아나에게 날이 밝는 대로 말 두 필을 끌고 오겠다고 했다. 그가 저택을 벗어나자마자 비비아나는 가넷에게 닥터 디의 메시지를 전했다. 이때 큰 충격을 받은 그는 지체 없이 떠나기로 결심, 그녀에게 노집사를 맡기고는 세 명의 수행원과 함께 저택을 나섰다.

약속한 시간에 맞춰 험프리 채텀이 나타났다. 비비아나는 노집사에게 작별인사를 건넸다. 슬픔을 이기지 못해 울컥하다 감정을 추스를 무렵 그녀가 말에 올랐다. 둘은 런던을 향해 길을 떠났다.

헨들립

가넷은 몇 마일을 달리다 일행에게 행선지를 일러주었다. 나란히 달리던 니콜라스 오웬에게는 토머스 애빙턴의 저택인 헨들립 하우스에 먼저 도착하라고 주문했다. 헨들립은 워릭셔 드로잇위치 근방에 있으며 올드콘 신부와 앤 복스가 머물러 있는 곳이기도 했다. 거기라면 환대와 보호를 받을 수 있으리라 확신했다. 가넷 신부의 오른팔인 오웬은 "더 안전한 곳은 찾을 수 없을 것"이라는 말에 동감하며 박차를 가해 이튿날 초저녁, 저택에서 조금 떨어진 곳에 이르렀다. 오웬은 저택을 탐색하러 갔다가 30분 후 애빙턴과 함께 돌아왔다. 그는 가넷과 포옹하며 흔쾌히 은신처를 제공하겠다는 뜻을 전했다.

"안전은 제가 장담하겠소이다. 숨을 곳이 워낙 많으니, 1년을 들쑤시고 다녀도 찾지 못할 것이외다. 헌데 동지들 기별은 들었소?"

"오호라! 형제님, 벌써 오금이 저리는구려."

"그럼 지금 일러두는 편이 낫겠소이다. 케이츠비와 퍼시와 라이트 형제는 홀비치을 방어하다 죽임을 당했고 룩우드와 그랜트와 토머스 윈터는 포위된 상황에서 중상을 입어 지금쯤은 런던타워로 이송되고 있을 것이오."

"비보뿐이로구려!"

"이게 다가 아니올시다. 에버라드 딕비 경은 패전 후 동지들에게 병력을 보내려다 투옥되었고 키스는 워릭셔에서 체포되고 말았소."

"형제님, 오호통재로소이다! 그러나 하느님의 뜻은 기필코 이루어질 것이외다!"

가넷은 두 수행원에게 돈을 건네주고는 말과 함께 해산시키고 난 후 니콜라스 오웬의 호위를 받으며 애빙던과 함께 저택으로 갔다. 애빙던은 비밀 문을 통해 그들을 안으로 들였다.

헨들립 하우스

헨들립 하우스는—저택 애호가가 들으면 못내 아쉬워하겠지만—몇 해 전 허물어졌다가 나중에 기숙학교로 전용되었다. 불규칙하고 방대한 구조에 외벽은 상당히 두꺼웠으며 내부의 비밀 방과 미로를 감추기 위해 굴뚝과 탑과 창과, 수많은 기둥이 기다랗게 올라가 있었다. 당시 소유주의 부친이자 엘리자베스 여왕(집권 초)의 재무관이던 존 애빙던이 세운 이 저택은 비밀 계단을 비롯하여 숨은 출입구와 위장문, 지하실, 지하통로 및 밀실 등, 은신처로 쓸 만한 공간을 두루 갖추었다. 어느 회랑은 입구 내 홀의 삼면을 둘러쌌는데 각 면마다 큼지막한 굴뚝이 딸려 있었고 그 위에는 문장—은색 사대(bend, 방패 중앙을 통과하는 사선 띠 – 옮긴이)와 붉은 새끼독수리 세 마리—이 걸려 있었으며 각 굴뚝 너머에는 이른바 "사제의 밀실priest' s-hole"이라는 조그마한 독방이 두툼한 벽 안에 마련돼 있었다. 저택 곳곳에 자리 잡은 방은 너무도 칙칙했고 통로는 무수히 많은 데다 복잡하기까지 해 이를 직접 본 사람의 말을 빌리자면 모든 공간이 "어둡고 불안하며 수상쩍었다"고 한다. 높은 곳에 서있노라면 사방이 훤히 보이기 때문에 대낮에는 어떻게 접근해도 들킬 수밖에 없었다.

당시 저택 주인인 토머스 애빙던은 1560년 서리 처시 인근 마을인 소프에서 맏아들로 태어났다. 옥스퍼드에 진학해 파리·랭스 대학교를 졸업한 그는 학식과 경험은 풍부했으나 모략을 꾸미는 일에 심취해 스스로 예수회의 인재가 되었다. 잉글랜드에 돌아오자마자 스코틀랜드 여왕을 옥에서 해방시키기 위해 음모를 꾸미다 반역 혐의로 런던타워에서 6년간 옥살이를 했는데 여왕의 대자(godson, 기독교에서 대부나 대모가 세례식 때 입회하여 종교적 가르침을 주기로 약속한 사내아이 – 옮긴이)라는 이유로 겨우 사형은 면할 수 있었다. 제임스가 즉위하기까지는 잠잠히 지냈지만 아니나 다를까, 군주에 대항하는 비밀 모략가로 활동하기도 했다. 차차 이야기하겠지만, 그는 두 사제에게 은신처를 제공한 혐의로 또 다시 런던타워로 이송된다. 이때 몬티글 경이 개입하지 않았더라면(애빙던이 경의 여동생과 혼인했기 때문) 사형을 당했을 것이다. 우스터셔 관할지 밖에서 말썽을 일으키지 않는다는 조건 하에 사면을 받은 뒤로는 현지 유물에 대한 기록을 집대성해—사학자인 내시 박사가 주로 인용했다—이를 후대에 남겼다.

저택의 구조가 상당히 복잡다단한 까닭에 애빙던은 안전한 은신처를 보장했을 것이다. 그는 사제 일행과 함께 비밀통로를 따라가다 어느 공간에 이르렀다. 열쇠는 애빙던만 소지하고 있었다. 가넷을 방에 들인 후 오웬은 다른 밀실로 안내하고는 얼마 후 앤 복스와 올드콘 신부를 데리고 돌아왔다. 두 사제는 얼싸안았다. 올드콘은 선임의 어깨에 눈물을 쏟았다. 가넷이 앤 복스에게 고개를 돌리자 앤도 감정을 주체하지 못해 눈시울을 붉혔다. 둘 사이에도 친밀한 기류가 흐르고 있었다. 이때 신원을 알 수 없는 사환이 가넷 신부에게 만찬을 대접했다. 두서 시간 후에는 담화를 나누었다. 그들은 참극으로 끝이 난 거사와 동지의 근황 등을 이야기하다 각자의 방으로 물러갔다. 가넷은 전과는 달리, 머리 둘 곳을 예비하신 하느님께 감사의 기도를 올렸다.

이튿날 아침, 미모가 빼어난 애빙던 여사와 앤 복스가 가넷을 찾아왔다. 피로가 풀리고 불안증이 해소된 까닭에 회동이 마냥 즐거웠다. 그가 머문 방에는 빛이 통하는 조그만 구멍이 있어 이를 통해 신선한 공기를 마실 뿐 아니라 바깥 경치도 볼 수 있었다.

두 달이 훌쩍 지나갔다. 방방곡곡에서 수색이 실시되었지만 헨들립을 겨냥할 만한 단서는 아직 나오지 않았다. 때문에 은신해 있던 사제 일행은 탈출에 희망을 걸기 시작했다. 몬티글 경과 지속적으로 서신을 주고받던 애빙던 여사는—사제를 숨겨두었다는 비밀을 누설하진 않았다—재판일이 다가오고 있는 동지들의 정보를 가넷에게 일러두었다.

1월 20일 오전 침묵이 장시간 흐르며 평안하다는 기분이 들 무렵, 앤 복스와 애빙던 여사가 서둘러 가넷을 찾았다. 몹시 당혹스런 기색이 역력했다. 듣자하니 애빙던의 사환이 방금 우스터—당시 그가 머무르던 곳—에서 돌아왔는데 톱클리프가 솔즈베리 백작에게서 수색영장을 받아 헨리 브롬리 경의 저택인 홀트 캐슬로 오고 있다는 것이다.

"험프리 리틀턴이 제 혈육과 로버트 윈터에게 은신처를 제공했다는 죄목으로 우스터에서 체포돼 사형을 언도받았답니다. 혹시 신부님의 거처를 발설해 감형을 받으려 한 것은 아닌지 모르겠군요. 그러면 톱클리프는 영장(수신인은 헨리 브롬리)을 갖고 런던을 출발했을 테고 헨리 브롬리의 자문을 받으며 헨들립을 수색할 겁니다. 남편은 신부님을 가장 안전한 곳으로 피신시키라고는 날이 저물기 전에는 귀가할 수 없다고 했답니다. 의심을 살까봐서요." 애빙던 여사가 말했다.

"자매님, 어디든 데려다 주시구려." 가넷은 매우 심란해졌다. "어떤 위기에도 각오를 단단히 했다고 생각했는데 여태 착각을 하고 있었나보오."

"너무 심려 마세요. 신부님." 앤 복스가 기운을 북돋웠다. "은신처 는 절대 찾지 못할 테니 성에 찰 때까지 어디한번 들쑤셔 보라지요."

"하지만 예감은 좋지 않구려."

마침 올드콘 신부가 나타났다. 예기치 못한 소식에 그도 가넷만 큼이나 안색이 어두웠다.

잠시 소견을 나눈 후 두 사제가 필요한 기물을 챙기는 동안, 여 사는 거실에 가서 모든 시종을 딴 곳으로 유도하기 위해 그럴듯한 구실을 짜냈다. 그러고는 서둘러 돌아와 두 사제를 데리고 큼지막 한 벽난로 쪽으로 갔다.

굴뚝 안쪽을 보니 2피트 정도 솟은 돌기둥 위에 철로 만든 개 한 쌍이 서 있었다. 가넷은 애빙던 여사의 지시대로 돌 위에 올라 왼편 에 있는 커다란 철옹이에 한쪽 발을 디뎠다. 그러고는 한쪽으로 돌 출된 벽돌을 마저 밟고 올라 쪽문—굴뚝 벽과의 차이를 식별할 수 없도록 검은 벽돌로 덮어 두었다—을 열고 두꺼운 벽 안쪽에 마련 된 공간으로 기어 들어갔다. 밀실은 폭과 고가 각각 2피트(60센티미터) 와 4피트 정도 되었고 서너 개의 작은 구멍을 통해 뒤편에 뻗은 굴 뚝과도 연결돼 있었다. 양쪽에는 가느다란 돌선반이 달렸는데 앉기 에 편할 만큼 폭이 넓진 않았다. 가넷의 뒤를 따르던 올드콘 신부 는 제의와 서적 다수뿐 아니라, 로마 가톨릭 의식에서 사용하는 성물도 바리바리 챙겨왔다. 그래서 두고두고 불편했지만 버려두고 떠날 수도 없었다.

애빙던 여사 일행은 사제들이 무사히 피신한 것을 확인하고는 식량을 찾아 냉육과 파이와 빵, 건과, 콘서브(conserves, 설탕에 절인 과일 조림-옮긴이) 및 와인 한 병을 가져다주었다. 식솔이 의심할지 모른다는 생각에 더는 엄두가 나질 않았다. 오웬과, 올드콘 신부의 시종인 챔버스도 다른 굴뚝으로 데려가 식량과 와인 한 병을 건넸다. 그들은 아무도 눈치 채지 못하도록 일사불란하게 움직였다.

모두가 노심초사하는 가운데 날이 저물었다. 저녁이 되자 현지 집행관인 헨리 브롬리 경이 톱클리프와 함께 군대를 이끌고 대문 앞에 섰다. 그가 들어갈 뜻을 밝히자, 때마침 애빙던이 말을 타고 나타났다. 그는 자초지종을 전혀 모르는 척, 친분이 두터운 헨리 경에게 절하며 용건을 물었다.

이때 톱클리프가 끼어들었다. "애빙던, 당신은 예수회 사제인 가넷과 올드콘 신부에게 은신처를 제공한 혐의를 받고 있소이다. 그들은 지난번 폐하를 노린 잔혹한 역모에 가담한 것으로 보이오. 그래서 솔즈베리 백작이 발부한 영장을 가지고 왔소이다. 헨리 브롬리 경에게 수색을 맡길까 하는데 ···."

"애빙던, 저도 내키진 않습니다만" 중년이자 호남아인 헨리 브롬리 경도 협조를 당부했다. "폐하의 안위를 위한 의무인지라 달리 도리가 없구려. 가톨릭 신도라지만 당신도 나처럼 극악무도한 역모를 혐오할 거라 믿소. 그러니 반역자나 선동꾼을 숨길 이유는 없겠지요."

"경이 제대로 보셨구려." 애빙던은 사환이 은밀히 보낸 신호에 모두가 안전하다는 것을 감지했다. "제가 어찌 그러겠소이까? 우스터에서 이틀을 묵다 지금 막 돌아오는 길이외다. 거리낄 게 없으니 샅샅이 찾아보시구려. 예수회 사제가 하나라도 숨어있다면 대문에 내 목을 매달아도 좋소이다."

"잘못 알고 계신 게 틀림없습니다, 나리." 헨리 경은 애빙던의 태연한 반응에 감쪽같이 속았다. "여기 있을 리가 없습니다."

"분명 있으니 날 믿으시오. 물론 나도 애빙던의 말이 사실이길 바라오."

톱클리프는 탈출을 사전에 방지할 요량으로 저택을 포위하고 접근을 차단하라는 주문과 아울러 다른 군인 여섯에게는 수색 요령을 일러두었다. 그들은 먼저 식당에 들어갔다. 솔즈베리 백작이 하달한 지침에 따라 그는 식당 끝으로 들어가 징두리를 부수라고 지시했다. 어렵사리 부수고 나니 지하밀실로 통하는 입구가 보였다. 톱클리프가 직접 그리로 내려갔지만 헛고생으로 끝이 났다.

다시 식당으로 돌아온 그는 애빙던—실망한 기색에 속으로는 쾌감을 느꼈다—을 추궁했다. 용도를 묻자 그는 지하에 밀실이 있는 지조차 몰랐다고 잡아뗐다. 이번에는 지하실로 내려가 쇠꼬챙이로 바닥을 뚫어 깊숙이 구멍을 냈다. 또 다른 지하공간이 있을까 싶었지만 찾진 못했다. 한편 톱클리프는 서둘러 위층으로 올라가 각 방의 크기를 유심히 살펴보았다. 아랫방과 일치하는지 확인한 것인데, 다르다 싶은 방마다 판자를 떼어내고 벽에 구멍을 뚫어보니 비밀통로가 드러났다. 그중 하나는 최근 가넷이 머물던 밀실과 연결돼 있었다.

탄력을 받은 수색대는 늦은 시간까지 뒤지다 밤에는 수색을 중단했다. 다음날에도 수색은 이어졌다. 헨리 브롬리 경은 저택을 두루 살폈다. 각 방의 외관은 안팎이 일치했다. 회랑에 설치된 벽난로 선반 셋이 톱클리프의 시선을 끌었으나 내부 장치가 워낙 감쪽같아 이를 눈치 채진 못했다. 직접 굴뚝 안으로 들어가 벽도 조사했지만 기척을 느낄 순 없었다. 벽난로에 불까지 붙였으나 별 소득이 없어 관심을 돌리기로 했다.

애빙던은 굴뚝을 수색할 때 톱클리프의 수행원 노릇을 했다. 겉으로는 태연한 척했지만 실은 긴장하고 있다가 수색을 단념했을 때야 비로소 크게 안도했다. 같은 날, 벽 안에서 은신처 두 곳이 발견되었으나 안에는 아무것도 없었다. 톱클리프는 숨어있는 자와의 연락을 차단하기 위해 주인과 앤 복스의 방 앞에 각각 보초를 세워 두었다.

사흘째가 되니 수색이 한층 더 강화되었다. 징두리를 허물고 벽을 부수고 바닥을 제거하자 비밀통로와 지하밀실과 은신처가 발각되었다. 로마 가톨릭 예식을 거행할 때 사제가 걸치는 제의와 기물도 그중 한 곳에서 나와 애빙던에게 이를 보여주었다. 처음에는 모른다며 시치미를 뗐으나 톱클리프가 같은 장소에서 찾아낸 재산권리증서를 내밀자 하릴없이 자신이 둔 것이라 실토했다. 사실, 은신처는 속속 드러났지만 목표를 찾을 조짐은 보이질 않았다. 헨리 브롬리 경은 수색에 회의를 느끼기 시작했다. 톱클리프가 회유하지 않았다면 그는 닷새째 되는 날 저택을 떠났을 것이다.

"여기 숨어 있는 게 분명하외다. … 마침 묘수가 떠올랐소! 제 발로 기어 나오지 않고는 못 베길 것이오!"

한편 사제 일행은 밀실에 갇혀 고통이 이만저만이 아니었다. 벽을 두드리는 소리가 들리자 굴뚝 안에 있었음에도 꼭 들킬 것만 같았다. 똑바로 서거나 누울 수가 없어 앉은 자세를 취해야 했는데 시간이 지나고 나니 참을 수 없을 만큼 좀이 쑤셨다. 수프와 우유, 와인 및 영양식 등은 인접한 굴뚝에서 갈대로 전달되었으나 닷새째에는 아주 끊기고 말았다. 톱클리프가 애빙던 부인과 앤 복스를 다른 곳으로 보냈기 때문이다.

그들은 아사할지 모른다는 두려움에 현장에서 굶어죽을지, 적에게 투항할지를 두고 갑론을박을 벌였다. 사제도 기력이 좋진 않았지만 시종인 오웬과 챔버스만큼 심각하진 않았다. 둘은 누구도 관심을 두지 않아 눈 뜨고는 못 볼 지경까지 이르렀다. 바깥 동지들도 애가 타는 건 마찬가지였다. 애빙던 여사는 허기를 채울 방편이 마땅치 않은 데다 수색도 중단될 기약이 없어 더는 버틸 수 없으리라는 판단에 은신처를 실토하는 편이 낫지 않겠느냐는 뜻을 밝혔다. 그러나 애빙던은 수긍하지 않았다.

공모자들의 은신처를 제외한 비밀 방과 지하밀실과 비밀통로가 모두 드러났으나 이렇다 할 단서는 찾지 못했다. 톱클리프는 애빙던 부부와 (무엇보다도) 앤 복스의 불안한 기색을 감지해 자신의 노고가 조만간 빛을 보리라 확신했다. 두 여인은 처음부터 지켜봐왔다. 이따금씩 감시망을 벗어나곤 해 죄수에게 식량을 가져다주는 것은 아닐까 싶어 둘을 다른 곳에 보내기로 한 것이다. 아나나 다를까, 그들이 명령을 순순히 듣지 않아 의심은 곧 확신이 되었다.

"놈은 필경 잡히고 말 거요. 지금쯤이면 반은 이미 아사했을 테니 자진해서 투항할 것이외다."

"그럼 얼마나 좋겠소!" 헨리 경이 응수했다. "더 있다가는 내가 과로로 죽을 것 같소이다."

"몇 시간만 참으시구려. 시간을 허송한 것은 아닐 테니."

톱클리프의 예상은 적중했다. 자정이 지나자 회랑을 지키던 기병 하나가 유령 같은 몰골을 하고 다가오는 두 사람을 목격했다. 섬뜩한 외모에 기겁하며 비명을 지르자 아래층 홀에 있던 톱클리프가 급히 달려왔다. 그는 즉각 상황을 파악해 서둘러 둘을 생포했다. 처참한 꼴로 나타난 두 인물은 다름 아닌 오웬과 챔버스였다. 거의 아사 직전인지라 저항은 하지 않았으나 자신의 정체와 은신처는 밝히지 않았다. 기병은 두 시종이 바닥 밑에서 나왔다고 맹세했으나 실은 둘의 동선을 모르고 있었다.

두 죄수는 앞에 둔 음식을 게걸스레 먹어치웠다. 톱클리프는 회유를 하든, 협박을 하든 내일이면 사실을 캐낼 수 있을 거라 자부했지만 이는 오산이었다. 그들은 전과 같이 입을 굳게 닫았다. 애빙던을 대면시키자 아는 바가 전혀 없다며 면식을 부인했고 저택에 잠입한 경위도 밝히려 하지 않았다.

그러나 헨리 브롬리 경은 애빙던 부부를 체포해야겠다고 생각했고, 톱클리프는 두 사제의 은신처를 찾기 위해 갑절이나 안간힘을 썼다. 회랑을 구석구석 살피는 과정에서 벽난로 선반을 부수었으나 거처는 찾을 수 없었다.

한편 꼼짝없이 갇혀 있던 두 사제는 더는 견딜 수 없다고 판단했다. 기다림에 지쳐 고통 중에 죽는 것보다야 뭔들 낫지 않겠나 싶어 투항을 결심한 것이다. 몇 시간만 더 버틸 수 있었다면 탈출도 가능했으리라. 헨리 브롬리 경은 수색으로 피로가 쌓여 있었고 더는 나온 것이 없어—톱클리프의 설득도 통하지 않았으리라—동이 트는 대로 떠날 참이었기 때문이다. 물론 그들은 이를 간파하지 못해 항복을 결심했다. 가넷이 굴뚝 입구를 열자 밑에서 소리가 들렸다. 거들 사람이 없이는 나갈 수 없을 만큼 기력이 쇠해 도움을 구해야 했다. 육성이 나지막하다못해 으스스해 이를 들은 군인들은 겁에 질린 채 서로 시선을 교환했다.

"무슨 소리지?" 기병 하나가 멈칫했다.

"댁이 찾고 있는 사람이오. 와서 우리 좀 도와주구려."

위치를 확인한 군인이 헨리 브롬리 경과 톱클리프에게 상황을 보고하자 둘은 혼쾌히 현장으로 달려갔다.

"굴뚝에 숨어 있었다는 걸 믿으라고? 내가 두 번이나 살펴봤는데?"

"줄곧 여기 있었소이다." 가넷이 톱클리프의 말을 듣고 대구했다. "우릴 생포하려거든 지체하지 마시구려."

톱클리프는 이를 듣지 못했으나, 브롬리는 문득 낌새를 챘다는 표정으로 수행원의 횃불을 들고 굴뚝에 들어갔다. 얼마 후 밀실 입구가 드러났다.

사제를 발견한 그는 어찌나 통쾌했던지 감탄사를 연발했고, 두 죄인은 환희에 찬 야만인의 미소를 보며 자신의 선택을 다소 후회했다. 하지만 때는 이미 늦은지라 가넷은 둘을 끄집어내 달라고 호소했다.

"여부가 있겠습니까, 신부님!" 톱클리프가 조롱하듯 말했다. "병만 주다 약도 넉넉히 주시는구려!"

"우리가 작정했으면 찾지 못했을 거요. 그럼 여기가 무덤이 되었겠지만 ….."

톱클리프는 쓴웃음을 지었다. "당연합죠! 굶어죽느니 차라리 사형대에서 죽는 편이 더 낫지 않겠소?"

운신이 불가할 정도로 공간이 비좁아 가넷을 끌어낼 수는 없었다. 기병들에게 사다리를 대라고 주문하고 나서야 어렵사리 그를 내릴 수 있었다. 톱클리프는 사제를 부축하며 헨리 브롬리 경에게 데려갔다. 경은 회랑에 있는 작은 테이블 옆에 서 있었다.

헨들립 하우스에서 붙잡힌 가넷과 올드콘 신부

"시간을 허송하진 않을 거라고 내 장담하지 않았소, 헨리 경. 가넷 신부를 데려왔소이다. 신부님, 오늘밤에라도 자수를 해서 천만다행이외다." 톱클리프는 킬킬 웃으며 빈정거렸다. "헨리 경이 내일 떠날 참이었으니 말이오."

"정말인가!" 가넷은 신음했다. "의자에 앉게 해주구려."

두 기병이 올드콘 신부도 끌어냈다. 두 사제는 가까운 방에 들여 침대에 눕혔다. 찰과상을 입은 뻣뻣한 사지에는 약을 발라주었으나 극도로 쇠약해진 탓에 사흘은 지나야 이동이 가능할 성싶었다. 그 후 사제만큼이나 기력이 쇠한 오웬과 챔버스도 함께 우스터로 이송되었다.

화이트홀

험프리 채텀과 비비아나는 속도를 높여 꽤 이른 시간에 런던에 도착했다. 곧장 화이트홀로 간 비비아나는 호위병의 손에 편지 한 통을 쥐여 주며 솔즈베리 백작에게 속히 전해 달라고 당부했다. 호위병은 잠시 주저하다 이를 궁정 안내인에게 건넸고 그는 백작에게 전달하겠다는 뜻을 밝혔다. 얼마 후 서신이 수리되자 관리 하나가 두 수행원과 함께 나타나 비비아나와 채텀을 불러들였다.

둘은 궁정 시종들—시큰둥한 표정으로 둘을 응시했다—이 바글바글한 홀을 지나 대리석 계단을 통해 길쭉한 복도를 가로질렀고 마침내 솔즈베리 백작이 있는 방으로 안내를 받아 들어갔다. 그는 서류가 쌓인 탁자에 앉아 있었다. 공문서를 작성하느라 분주했지만 그들이 들어오자 하던 일을 즉각 멈추었다. 백작은 혼자가 아니었다. 일행은 중년 남성으로 검은 벨벳 정장과 망토를 걸치고 있었다. 하지만 문을 등지고 앉아 얼굴을 확인할 수는 없었다.

"나가 보게." 솔즈베리 백작이 관리에게 주문했다. "밖에서 대기하고 있게나."

"신호를 보내면 즉각 달려와야 하네." 여전히 등을 돌리고 앉아 있던 중년이 덧붙였다.

관리는 절을 하고 수행원과 함께 물러났다.

"비비아나 래드클리프, 이 시국에 자수라 …. 형량은 크게 줄겠구려. 행여 역모에 대해 아는 것을 모두 자백한다면 폐하가 자비를 베푸시지 않을까 싶소만 …."

"그럴 마음은 추호도 없습니다, 나리. 죗값을 받으려고 자수하는 거니까요. 다른 꿍꿍이는 없습니다. 변론은 하지 않겠으나, 굳이 변명을 하자면 상황에 몰려 어쩔 수 없이 그들과 엮였고 애당초 그럴 의도가 없었음에도 잔혹한 역모에 가담하게 된 겁니다."

"당신은 역모를 알고도 숨긴 죄를 지었소이다."

"저도 알고 있습니다. 숨긴 죄 외에 범한 것이 없다는 사실은 하느님도 아실 것입니다. 저는 역모를 극도로 혐오했고 언쟁을 벌여서라도 저들을 단념시키려 했으니까요."

"그런데도 왜 실토하지 않겠다는 거요?"

"단언컨대, 어떤 고문으로도 제 입을 열게 할 순 없었지요. 연모의 정 때문에 기밀을 지킬 수밖에 없었달까요."

"그건 나도 짐작하고 있었소만 …" 백작의 입꼬리가 올라갔다. "대체 누구를 연모한다는 것이오?"

"가이 포크스입니다."

"오, 하느님! 가이 포크스라고!" 백작과 함께 있던 사내가 소리치며 벌떡 일어났다. 고개를 돌리자 용모가 드러났다. 큼지막했지만 그리 우둔해 보이진 않았다. 꽤 놀란 기색이 역력했다. "방금 가이 포크스라 했는가?"

"왕이 납시었구려." 채텀이 귀에 대고 소곤거렸다.

"폐하, 여기가 어느 안전인지 똑똑히 알고 있으니 말씀드리겠습니다. 역모에 대한 사실을 숨긴 건 가이 포크스 때문이었습니다. 폐하, 저는 역모를 지극히 가증스레 여겼지만 포크스가 이에 가담하지 않았더라면 그를 사랑하지 않았을 것입니다. 처음에는 차분하면서도 열정적인 성격에 호감이 갔다가 몇 번이고 빈자리를 든든히 채워 주어 사랑이 움트기 시작했지요. 그를 둘러싼 흑암의 구름에 휩싸인 저는 벗어날 수 없는 사슬에 얽매인 채 그와 백년가약을 맺었답니다. 하지만 혼인날은 곧 생이별의 날이 되고 말았지요. 지금껏 상봉한 적은 없지만 앞으로도 그럴 일은 없을 것입니다. 영영 이별하지 않는다손 치더라도 …."

"기구한 사연이로다!" 제임스는 다소 마음이 동한 듯했다.

"폐하, 간곡히 청하오니 제 남편을 한 번만 만나게 해 주십시오." 비비아나는 왕의 발 앞에 무릎을 꿇었다. "그이를 보고 싶다거나 슬픔을 달랠 생각은 추호도 없습니다. 그저 남편의 가슴에 회개할 마음을 일깨워 영혼을 구원해 내고 싶을 따름입니다."

"솔즈베리 백작, 청은 들어주고 싶은데 설마 뒤통수를 치진 않겠지?"

"그럴 위험은 없습니다, 폐하."

"그렇게 하시오. 부인, 그대의 노력이 꼭 결실을 맺길 바라오. 가이 포크스는 강성 반역자인지라—제2의 자크 클레망(앙리 3세를 암살한 프랑스인-옮긴이)이랄까—그를 생각할 때마다 바닥이 요동치고 화약 냄새가 코끝을 찌르는 것 같단 말이야. 오, 하느님! 목숨을 살려 주셔서 감사하나이다! 헌데 저 사람은 누군가?" 제임스가 험프리 채텀에게 시선을 돌렸다. "자수하러 온 공범인가?"

"아닙니다, 폐하. 저는 충직한 백성으로 독실한 프로테스탄트(개신교 신자)이옵니다."

"그럴 수도 있겠지 … 허면 왜 이 여인과 같이 온 것인가?" 제임스는 미덥지 못하다는 표정으로 물었다.

"폐하께 이실직고하겠나이다. 비비아나가 포크스를 알기 훨씬 전부터 저는 부인을 연모하고 있었습니다. 지금 생각하면 어리석기 짝이 없지만, 제 청혼을 외면하진 않을 거라 믿었습죠. 하지만 모든 희망이 수포로 돌아간 지금도 연정은 떨쳐버릴 길이 없고 사랑은 더욱더 타오르기만 하더이다. 그러니 자수를 하겠다며 런던까지 동행해 달라는 부탁을 마다할 수 없었던 것이지요."

"사실입니다, 폐하." 비비아나가 말을 이었다. "험프리 채텀 님에게는 항상 감사하고 있습니다. 제가 채텀 님에게 끼친 폐를 생각하면 지금의 고통은 아무것도 아니지요."

"비비아나 부인, 그런 생각 마시오. 나야말로 그대에게 부담을 가중시켰으니 한 없이 서글퍼지는구려."

"젊은 양반, 품위와 용모를 보니 충심이 느껴지는 듯하이. 허나 사실이 검증돼야만 자네를 풀어줄 걸세."

"폐하, 불가피하다면 옥고를 치르겠습니다만, 솔즈베리 백작에게 보낸 서한을 보시면 제 결백이 입증될 것입니다."

채텀이 백작의 손에 서한을 쥐여 주자 그는 즉시 봉인을 뜯고 내용을 훑어보았다.

"닥터 디가 쓴 것입니다. 폐하도 아시다시피, 역모에 대한 굵직한 정보는 모두 그자에게서 입수한 것입니다. 글에 따르면, 이 젊은이는 믿을 수 있다 합니다."

"듣던 중 반가운 소리군. 정직해 보이는 면상에 속으면 얼마나 분했겠는가!"

"폐하, 비비아나 래드클리프를 런던타워로 이송한다는 영장이오니 서명해 주시지요." 솔즈베리는 왕 앞에 서류를 내밀며 말했다.

제임스가 서명하자 백작은 호위병을 불렀다.

"폐하, 제가 부인을 런던타워까지 동행해도 되겠나이까?" 채텀이 왕 앞에 엎드려 간청했다.

제임스는 머뭇거리며 백작의 눈치를 살폈고 반대할 뜻이 없는 듯해 이를 허락했다.

솔즈베리는 관리에게 채텀에 대한 지침을 하달하고 영장을 건넸다. 비비아나와 채텀은 대기실에 인접한 쪽방으로 끌려가 한 시간 남짓 머물러 있었다. 때가 되자 관리가 다시 나타나 그들을 궁정계단으로 데려갔다. 큼지막한 나룻배가 그들을 기다리고 있었다.

제임스는 고문관과 오랜 시간을 보내진 않았다. 왕이 자리를 뜨자마자 솔즈베리는 심복을 통해 옆방에서 대기 중이던 몬티글 경을 불러들였다. 둘은 주변을 살피고 나서야 운을 뗐다.

"트레샴이 내일 런던타워로 이송된다 하오. 부관이 보낸 전갈을 보니 경과 나에게 복수하겠다는 말만 되풀이하고 있다더이다. 석방시켜주지 않으면 비밀을 폭로하겠다고. … 추밀원의 조사를 방관하고 있다가는 낭패를 볼 수도 있소이다. 위증으로 몰고 가면 그만이겠지만 자칫 계획에 차질이 빚어질 수도 있지요."

"나리, 지당하신 말씀입니다. 헌데 입은 어떻게 막으실는지 …."

"독을 써야지요. 입그리브라는, 아주 믿음직한 간수가 있다오. 그가 손을 쓸 거요. 독은 여기 있소이다." 솔즈베리는 상자를 열어 작은 봉투를 꺼냈다. "닥터 디가 조제해 준 것인데 교황 알렉산데르 6세가 쓴 이탈리아산과 같은 독으로 알고 있소. 무색무취에 흔적을 남기지 않고 죽인다오."

"나리의 심기를 건드리지 않도록 각별히 조심해야겠습니다."

"무슨 소리." 솔즈베리는 섬뜩한 미소를 지었다. "충신보다는 트레샴 같은 반역자들이나 날 무서워해야지."

"무슨 말씀이신지 알겠소이다."

"전권은 경에게 일임하리다."

"제게요! 트레샴은 제 처남인데 어찌 제가 나설 수 있겠소이까?"

"그가 살아있으면 경도 무사하진 못할 텐데." 솔즈베리는 냉랭했다. "처남 아니면 경, 둘 중 하나는 목숨을 내놔야 하오. 물론 경은 합리적인 사람이니 독을 갖고 타워로 가리라 믿소이다. 입그리브를 몰래 만나 트레샴이 마시는 와인에 타라고 귀띔해 두시구려. 완수하면 사례로 100마크를 주겠다 하고 ….."

"양심이 허락지 않소이다." 몬티글이 봉투를 받으며 말했다. "정녕 다른 방도는 없는 것이오?"

"없소이다. 피는 자신의 머리로 돌아갈 것이오."

몬티글은 이를 듣고 물러갔다.

험프리 채텀과의 이별

험프리 채텀은 비비아나와 작별을 고한다는 생각에 가슴이 미어졌다. 어찌나 괴로웠던지 타워에 이르는 내내 일언반구 말이 없었다. '반역자의 관문'의 그늘진 아치 밑을 통과하며 마지막 계단을 올라 바이워드타워 대기실에 이르렀다. 관리는 교도관 하나를 부관에게 보내 비비아나가 도착했다는 사실을 통지했고 험프리 채텀에게는 몇 분만 더 있다가 떠나라고 주문했다. 그러고는 배려 차원에서 자리를 비켜주었다. 이제 남은 사람은 둘뿐이었다.

"오, 비비아나!" 채텀은 비통한 심정을 억누르지 못했다. "그대를 여기서 보게 되니 가슴이 찢어지오. 혹시라도 지금의 선택을 돌이켜 석방을 원한다면 말씀하시구려. 내 힘닿는 데까지 애써보리다. 한 번은 성공했으니 두 번도 문제 없을 거요."

"배려해 주셔서 고마울 따름입니다." 비비아나는 깊이 감사했다.

"제가 당부한 마지막 부탁은 이미 들어주셨는걸요. 심려를 끼친 것도 반성하고 연정을 받아들이지 못한 점도 후회하고 있어요. 당신에게 걸맞은 연인을 만나신다면 저의 부족함을 채워줄 거라 믿습니다. 행복하시길 기도할게요."

"비비아나, 오해하지 마시오." 채텀의 목소리가 일그러졌다. "다시는 사랑하지 않을 것이오. 그대의 인상이 내 가슴에 너무도 깊이 각인되어 있으니까요."

"시간이 해결해 줄지도 모르죠. 물론 제게는 시간이 아무 소용없으니 부질없는 말처럼 들릴 수도 있겠군요. 한 가지 조언을 드리자면 생업에 전념하시라 권해 봅니다. 마음이 속히 안정될 거예요."

"그렇게 하겠지만 부인 말대로 마음이 안정될 거라는 기대는 하지 마시구려."

"꼭 그러시길 바라고 내일 런던을 떠나겠다고 약속해 주세요. 고향으로 돌아가 생업에 매진하시고 과거는 잊어주세요. 단, 과거가 일장춘몽에 지나지 않았다는 사실은 잊지 마시고요. 더 지체했다간 마음이 흔들릴 수 있으니 이쯤에서 헤어지기로 해요. 안녕히 가세요!"

비비아나가 손을 내밀자 채텀이 그에 격렬히 입을 맞추었다.

"안녕히 가시오, 비비아나!" 그는 형언할 수 없는 번민에 휩싸인 낯으로 작별을 고했다. "역경 속에서도 하느님이 도우시길!"

"역경은 지금 감내하고 있잖아요." 비비아나가 울먹이며 말했다. "안녕히 가세요. 선한 천사들이 축복하시길 빌겠어요!"

마침 관리가 등장했다. 그는 부관이 온다며 채텀에게 면회가 종료되었음을 알렸다. 젊은 장사꾼인 채텀은 그녀를 더는 쳐다보지 않고 관리를 따라 타워 밖으로 나갔다.

그는 비비아나의 마지막 부탁대로 이튿날 맨체스터로 돌아가 상업에 매진했다. 인내와 성실은 '성공'이라는 영예를 안게 해 주었다. 마을에서 가장 부유한 거상이 된 것이다. 그러나 젊은 시절에 품던 연정이 인생을 송두리째 물들인지라 비관적인 생각에 금욕을 추구하기까지 했다(정말 그답지가 않았다). 그는 제 말마따나 미혼으로 생을 마감했다. 굵고 긴 이력은 자선사업을 통해 세간의 주목을 받게 된다. 재산이 늘어나는 족족 자선에 힘을 보태며 "고아와 빈민의 아버지"가 된 것이다. 맨체스터 타운에 세운 도서관과 병원은 설립자의 공로를 기리기 위해 채텀의 이름을 붙였다. 그는 이곳을 지나는 주민들의 찬사를 받으며 영원히 기억되리라.

지하감옥

섬뜩한 미소를 지으며 비비아나를 보고 있던 윌리엄 와드 경은 재스퍼 입그리브에게 데버루타워에 있는 지하감옥에 그녀를 가두라고 명령했다.

"간수가 도와주지 않고는 절대로 빠져나갈 수 없겠지? 비비아나의 신병은 자네가 평생 책임져야 하네."

"나리, 부인이 탈출하면 대신 저를 처형해 주십시오."

"솔즈베리 백작의 말을 듣자 하니, 가이 포크스를 잠시 만나게 해 달라더군. 폐하께서 허락하셨다니 …" 와드가 조용히 덧붙였다. "내일 포크스 감방으로 데려가게."

간수는 절을 하고 경비병에게 손짓으로 비비아나를 데려오라고 주문했다. 그는 안쪽 감방을 따라 작고 단단한 입구—뷰챔프타워에서 약간 북쪽에 위치—에 이르렀다. 문을 연 입그리브는 높이가 낮고 동굴처럼 생긴 지하실로 내려갔다. 횃불에 불을 붙이고 난 후 좁고 어두운 통로를 지나자 둥근 방 하나가 나왔다. 여기서부터 통로가 여럿으로 갈라졌다. 한쪽을 택해 좀더 들어가 감방 입구에 도착했다.

"여기가 부인 방이올시다." 입그리브는 굵직한 빗장을 빼 조그만 방을 보여주었다. 폭과 너비가 각각 4(약 1미터)와 6피트(약 2미터) 정도 되었고 바닥에는 짚을 채워 만든 요가 깔려 있었다. "음식은 안사람이 가져다 줄 거요."

그는 등잔에 불을 붙이고는 경비병과 함께 나가 밖에서 빗장을 걸어 잠갔다. 비비아나는 몸서리를 치며 자신이 갇힌 좁다란 감방 주변을 훑어보았다. 지붕과 벽과 바닥이 전부 돌덩이인 데다 어느 모로 봐도 음침한 무덤 같아 생매장을 당할 것 같은 기분이 들었다. 몇 시간 후 입그리브 여사가 나타났다. 룻도 같이 왔다. 룻은 비비아나를 보자마자 울음을 터뜨렸다. 여사는 담요 몇 장과 생필품, 그리고 빵 한 덩이와 물주전자를 가져왔다. 침상에 담요를 까는 내내 탈출에 성공했던 비비아나를 연신 칭찬했다. 한편 모친을 도와야 했던 룻은 몸짓과 눈짓으로 최선을 다해 헌신하겠다는 뜻을 전했다. 여사는 일을 마치고 방을 나왔다. 딸도 동정어린 시선을 보내며 모친을 뒤따라 나갔다. 곧 문빗장이 채워졌다.

비비아나는 낙심하지 않겠노라 마음을 다잡고는 무릎을 꿇고 하느님께 기도했다. 안정을 찾고 난 후에는 침상에 누워 잠을 청했다. 빗장 떨어지는 소리에 문득 잠이 깼다. 룻이 머리맡에 서 있었다.

"날 찾아올 때마다 위험해지는 건 아닌지 불안한걸." 비비아나가 다정하게 룻을 안았다.

"아씨를 위해서라면 어떤 위험도 마다하지 않을 거예요. 아, 근데 여긴 왜 또 오셨어요? 가이 포크스 님은 아씨가 자유의 몸이라는 걸 제일 큰 위안으로 삼고 꿋꿋이 버텨 내셨다고요."

"그이를 다시 볼 수 있다는 생각에 자수했단다."

"애정이 뜨겁다는 건 알겠습니다만 자칫 목숨을 잃을 수도 있는데 요? 아씨가 다시 잡혔다는 소식을 들으면 포크스 님은 심정이 어떻 겠어요? 지금껏 견뎌온 고문보다 훨씬 더 괴로울 텐데요!"

"룻, 그이가 무슨 고문을 당했다는 거지?" 비비아나가 걱정스런 표정으로 물었다.

"입에 올리기조차 섬뜩해 말씀 드리고 싶지가 않네요. 만신창이 가 된 남편 분의 용모를 보면 무슨 고초를 겪었는지 아실 거예요."

"정말 보면 겁이 날 것만 같구나!"

"충격을 받을지도 모르니 각오를 단단히 해두셔야 할걸요. 아 씨, 그만 가야겠어요. 내일 다시 올 수 있도록 노력해 볼게요. 하지만 장담은 못해요. 실은 오늘도 몬티글 경이 아니었음 아씨를 만나지 못했을 거예요. 경이 아버지와 일을 꾸미고 있는 것 같더라고요."

"몬티글 경이라고! 무슨 일이지?"

"추악한 일이지요. 런던타워에 수감 중인 트레샴을 죽이지 않을까 싶더군요. 몬티글 경이 어제 저녁 웰타워에 왔는데 얼핏 들어보니 아버지한테 독약을 타라더라니까요."

"죽어도 싼 사람이야. 희대의 반역자니 의당 대가를 치러야지."

"아씨, 전 가볼게요. 내일 오지 못하더라도 아씨와 아픔을 같이할 친구가 있다는 걸 꼭 기억하세요."

룻이 방을 나오자 지그시 빗장 채우는 소리가 들렸다.

그후 비비아나는 마음을 다잡으려 했지만 소용이 없었다. 졸린 기색도 사라졌다. 룻의 말마따나 고문으로 만신창이가 된 포크스를 떠올리며 밤새 번민했다. 낮과 밤을 구분할 수 없어 오로지 직감으로 시간을 가늠해야 했다. 어느 날, 늦은 시간으로 추정되는 때 누군가가 그녀를 찾아왔다. 감방 빗장이 열리자 검은 가운을 걸친 두 장정이 후드로 얼굴을 가린 채 들어왔다. 입그리브도 모습을 드러냈다. 비비아나는 고문실에 끌려가리라는 생각에 냉정을 잃지 않으려고 안간힘을 썼다. 재스퍼 입그리브는 그녀의 심중을 눈치 챘지만 구태여 사실을 밝히려 하진 않았다. 후드를 걸친 수행원에게 그녀를 데리고 나오라 손짓하고는 방을 나왔다. 둘은 비비아나의 손을 하나씩 잡고 복잡한 통로를 거쳐 어느 감방 입구 앞에서 걸음을 멈추었다. 입그리브가 문을 열었다.

"용건만 짧게 말하고 끝내시구려." 그는 비비아나를 방 안으로 밀며 이렇게 주문했다. "시간을 마냥 드릴 수는 없소이다."

비비아나는 발을 들이자마자 제 앞에 누가 있는지 알아챘다. 좁다란 방 끝으로 망토를 두른 가이 포크스가 고개를 푹 숙인 채 앉아 있었다. 녹슨 사슬에 매달린 작은 철제 등이 섬뜩한 이목구비를 밝혔다. 그는 눈을 들어 비비아나를 알아보고는 비통한 표정으로 절규했다. 간신히 몸을 일으켜 두 팔을 벌리자 그녀가 와락 안겼다. 한동안 침묵이 흘렀다. 슬픔에 말문이 막히다 마침내 가이 포크스가 운을 뗐다.

"아직도 고배가 덜 찼소만 이 잔이 쉬이 넘치진 않더이다."

"일부러 자수했다면 날 원망하겠지요?"

가이 포크스는 애절히 신음했다.

"모두 나 때문에 벌어진 일 아니겠소?"

"아주 틀린 말도 아니지만 이유를 들으면 이해하실 거예요. 전 당신을 회개시키려고 자수한 거라고요. 우리가 내세에서 다시 만나고,

고난을 받은 대가로 회락을 누리고 싶다면 악의에 대해 용서를 구하셔야 해요. 이생과 작별할 날이 얼마 남지 않았으니까요."

"악의는 애당초 없었으니 …." 포크스는 냉정히 거절했다. "용서를 구해야 할 일은 아닌 듯하오."

"정의 비슷한 허울을 씌워 죄를 유도한 사탄이 그런 마음을 조장한 거라고요. 거사를 성취했더라면 천국의 기쁨은 맛보지 못했겠지만 미수에 그쳐 다행이라 생각하고 있답니다. 하지만 당신이 죄를 뉘우치지 않는다면 걱정이 가시진 않을 것 같아요."

"심판은 조물주께서 직접 하실 것이오. 공과에 따라 상을 내리든, 벌을 내리든 하시겠지요. 난 양심을 지켰을 뿐이니 회개할 이유는 없소이다."

"당신이 착각했다는 생각은 안 해보셨나요? 상대를 찌르려고 든 칼이 되레 당신을 겨누고, 경배의 대상인 하느님이 당신과 원수가 되겠노라 선포하신 걸 모르겠냐고요?"

"그래봐야 소용없소이다. 고문을 당할 때도 그랬지만 당신이 아무리 우겨도 난 꿈쩍하지 않을 테니까."

"하느님께서 당신의 영혼을 구원해 주시길 빌겠어요!"

"비비아나, 똑똑히 보시오. 내가 얼마나 처참한 폐인이 되었는지

보시구려. 극악무도한 원수들이 지하감옥에서 날 고문할 때 무엇이 도와주었을 것 같소? 정의를 행한 양심이 아니면 무엇이겠소이까? 양심 외에 그 무엇이 사형대에 오른 나를 도울 수 있겠소? 날 사랑한다면 내 소신은 건드리지 마시구려. 이런 이야기는 시간낭비일 뿐이오. 나는 회개할 수 없소이다. 단언컨대, 우리는 다시 만나게 될 테니 이를 위안으로 삼읍시다. 독방에 갇힌 내가 불쌍해 보이겠지만 난 그렇게 생각하지 않소이다. 하느님이 내 처사를 인정하셨으니까요. 마음은 도리어 흡족하오."

"마음이 흡족하다면 굳이 현실을 자각시키진 않을게요. 하지만 제 진심어린 기도가 당신을 구원해 줄 수 있다면 더욱더 열렬히 매달리겠어요."

이때 재스퍼 입그리브가 감방 문을 열었다. 그는 비비아나에게 와서는 들입다 손을 잡았다.

"부인, 면회는 끝났소. 날 따라오시오."

"조금만 더 있을게요."

"더는 곤란하외다."

"나중에 다시 만날 수는 없나요?" 비비아나는 심란해졌다.

"처형 하루 전에는 만날 수 있을 거요." 입그리브는 잠시 멈칫하다 포크스에게 말을 이었다. "한 가지 희소식이 있으니 들어보시구려. … 내가 말했던 트레샴이란 작자가 타워로 이송되었는데 돌연 중병에 걸렸지 뭐요."

"배신자가 먼저 가면 나로서는 죽어도 여한이 없겠소."

"그렇게 될 테니 안심하세요. 복수는 이제 막을 내렸군요." 비비아나가 말했다.

입그리브는 그녀를 끌고 나와 대기 중이던 수행원에게 인도했다. 그들은 비비아나를 급히 감방으로 데려갔다.

배신자의 최후

비비아나가 투옥된 직후 몬티글 경은 런던타워에 도착해 곧바로 부관 숙소로 갔다. 그와 잠시 대화를 나눈 경은 솔즈베리 백작의 비밀지령을 입그리브에게 전달해야 한다고 귀띔했다. 반역자와 관련된 일이라는 것이다. 윌리엄 와드 부관은 간수를 부르려 했으나 몬티글이 웰타워에서 직접 만나겠다고 해 그리로 갔다.

입그리브 곁에는 아내와 룻도 함께 있었다. 따로 자리를 마련하라는 주문에 간수는 둘을 내보냈다. 룻은 비비아나와 모종의 관계가 있는 용건이겠다 싶어 몰래 엿들을 수 있는 곳으로 자리를 옮겼다. 몬티글은 악랄해 보이는 입그리브의 면상을 보고는 솔즈베리 백작이 사람 하나는 잘 고른다는 생각에 마음이 놓였다. 경은 주변을 확인하자마자 간수에게 계획을 털어놓았다. 예상했다시피, 재스퍼가 한 치의 망설임도 없이 이를 수락하자 그들은 의견을 교환하고 난 후 지체 없이 손을 써야 한다는 데 뜻을 같이했다.

"빨리 틀어막을수록 좋을 겁니다요. 트레샴이 추밀원에 폭로하겠다고 협박을 하더군요. 그럼 귀족 몇 분이 곤욕을 치를 거라고 …"
재스퍼는 진지한 표정으로 몬티글을 응시했다.

"투옥된 곳은 어디인가?"

"뷰챔프타워에 있습죠."

"당장 가봐야겠네. 면회 중에 와인을 시킬 테니 두 잔을 가져오게. 트레샴 잔에 이 가루를 타게나."

입그리브는 고개를 끄덕이며 봉투를 건네받았다. 진지한 얼굴에 미소가 번졌다. 잠시 후 그들은 함께 웰타워를 떠났다. 블러디타워의 아치형 입구를 지나 잔디밭을 가로질러 배신자가 투옥된 요새에 진입했다. 트레샴은 여느 반역자와는 사뭇 다른 특혜를 받고 있었다. 이를테면, 뷰챔프타워 상층에 위치한 호화 감방은 고위층 인사가 아니면 거의 배정되지 않던 곳이었다. 트레샴은 격앙된 감정을 주체하지 못해 방에서 서성거리다 몬티글을 보자마자 그에게 달려갔다.

"석방은 되는 겁니까?"

"당장은 곤란하네. 우선 흥분을 좀 가라앉히게나. 곧 풀려날 테니 …"

"호락호락 넘어가진 않을 겁니다." 트레샴은 버럭 화를 냈다. "추밀원의 조사를 받게 된다면 매형도 조심해야 할 겁니다. 내가 이실직고할 테니까요."

"잠시 자리 좀 비켜주겠나?" 몬티글은 방을 나가는 간수에게 눈짓했다.

"몬티글!" 그가 흥분하며 말을 이었다. "지금까지는 잘도 부려먹었겠지만, 행여 날 형장으로 보낼 심산이라면 단단히 착각하신 거요. 옥에 갇혀 있어 안전한 데다 목소리도 들리지 않으니 배신은 못할 거라 생각하겠지만 그건 큰 오산이올시다. 차차 알겠지만, 심각한 착각이라 해두지요. 내 수중에는 매형이 쓴 서한—솔즈베리 백작이 보낸 편지도 포함, 백작과 매형이 일찌감치 역모를 눈치 채고 있었다는 점을 입증하는 결정적인 단서이자, 내게 역모의 동향을 주시하고 이를 보고하라 했던—이 있으니까요. 게다가 맨체스터 칼리지의 닥터 디 학장이 보낸 서신도 내 손에 있지요. 역모에 대해 자신이 알고 있는 사실을 소상히 밝히고 포크스와 케이츠비라는 사람도 상세히 소개한 편지 말입니다. 날 풀어주지 않으면 서신을 모두 추밀원에 보낼 테니 그리 아십시오."

"그건 내게 넘기게. 반드시 석방시켜 줄 테니."

"못 믿겠는걸요. 여기서 나가게 해주면 드리겠습니다. 물론 그렇다고 빚이 사라지는 건 아니외다. 때를 봐서 매형과 솔즈베리 백작의 코를 납작하게 해줄 거요."

"근거도 없는 의구심 따위로 우릴 오해하고 있군 그래."

"오해라고요?" 트레샴이 혐오스럽다는 표정으로 대꾸했다. "그럼 약속한 사례는 어디 있습니까? 내가 왜 이런 곳에서 옥살이를 해야 하며, 반역자 취급을 당해야 하는 이유는 또 뭐란 말입니까? 제대로 대접할 생각이었다면 적어도 이런 곳에는 오지 말아야지요. 매형처럼 자유의 몸으로 폐하의 은덕을 누리며 살아야 하지 않겠습니까? 매형은 날 속였으니 반드시 후회하게 해 드립죠! 나 혼자 사형장에 끌려갈 일은 없을 겁니다!"

"흥분을 좀 가라앉히게." 몬티글은 조곤조곤 설득했다. "얼핏 보기에는 상황이 불리하게 돌아가는 것 같지만, 사실 솔즈베리 백작이 자네의 심기를 건드린 건 불가피한 사정이 생겼기 때문일세. 가이 포크스가 고문을 당하던 중, 자네를 반역자 중 하나로 지목하지 않았겠나? 체포 외에는 달리 방도가 없었다네. 하지만 더는 불편을 겪지 않아도 될 걸세. 며칠이면—혹은 몇 시간 후면—철창신세는 면하게 될 테니."

"다른 꿍꿍이는 없었다?" 트레샴이 미덥지 못하다는 투로 물었다.

"자넬 안심시키려고 왔지. 달리 무슨 꿍꿍이가 있겠나?"

"그럼 사례는 받을 수 있겠군요."

"두말하면 잔소리 아니겠는가. 맹세할 테니, 좀 진정하게나."

"매형을 믿으면 옥살이가 좀 불편하더라도 너무 신경은 쓰지 말라는 말씀이군요."

"말했듯이 불가피한 사정이 있었네. 하지만 너무 괘념치는 말게나. 모든 게 잘 될 테니 근심은 묻어놓고 술잔이나 기울여 봄세. 이보게, 간수 양반!" 몬티글이 문을 열며 입그리브를 불렀다. "와인 한 잔 부탁하네."

잠시 후, 입그리브가 쟁반을 들고 나타났다. 와인을 가득 채운 잔을 가져와 하나는 몬티글에게, 다른 하나는 트레샴에게 건넸다.

"조속한 석방을 위하여!" 몬티글이 외치며 잔을 비웠다. "자네도 같은 생각이겠지?"

"여부가 있겠습니까? 조속한 석방을 위하여!"

트레샴이 와인을 마시자, 몬티글과 간수가 은밀히 시선을 교환했다.

"자, 그럼 용건은 끝냈으니 이만 가 봐야겠네."

"약속을 잊으시는 건 아니겠지요?"

"물론이지. 일주일 후면 섭섭한 감정은 수그러들 걸세." 이때 몬티글은 나선형 계단을 내려가며 입그리브에게 물었다. "잔이 바뀌진 않았겠지?"

"그럴 리가요." 간수는 냉랭한 미소를 지었다.

몬티글은 즉시 타워를 떠나 화이트홀에 머물던 솔즈베리 백작에게 자초지종을 들려주었다. 백작은 그의 탁월한 수완을 칭찬했다. 유일한 걸림돌이자, 이제는 쓸모가 없게 된 정보원이 제거되어 자축하는 분위기였다.

이튿날, 트레샴은 급성 통증에 시달리며 입그리브에게 증상을 호소했다. 죄수를 담당하는 의무관이 소식을 듣고 달려왔다. 진찰 결과, 속성은 경황이 없어 설명을 얼버무렸지만 중병인 것은 분명했다. 시간이 지날수록 통증은 더 심해졌다. 문득 몬티글 경의 면회와도 무관하지 않다는 생각이 뇌리를 스쳤다. 그는 재스퍼 입그리브가 이 음모에 가담했을 거라 주장했다. 그러나 간수는 이를 완강히 부인하며 악의적인 진술로 자신의 명예를 실추시키려는 수작이라고 일축했다.

"진상은 조사해 봐야겠소." 의무관은 더블릿에서 작고 얇은 순금 조각 하나를 꺼냈다. "입에 넣어 보시오."

트레샴이 금 조각을 입에 넣자 입그리브가 시무룩한 표정으로 이를 응시했다.

"당신은 죽은 목숨이오." 의무관이 금 조각을 꺼내니 색이 살짝 바래 있었다. "누군가가 독을 탔소이다."

"치료약이나 해독제는 없는 거요?"

의무관은 고개를 저었다.

"그렇다면 부관을 불러 주시오! 그에게 긴히 전할 말이 있소." 트레샴이 간수를 가리키며 말을 이었다. "내게 독을 탄 와인을 가져왔으니 이 작자를 고발하리다. 내 말 알아듣겠소?"

"알겠소."

입그리브는 시큰둥한 표정을 지었다. "허나 그렇게는 안 될 거요. 솔즈베리 백작의 영장이 있어 그리 한 것이니 …."

"뭣이! 버젓이 살인을 저지르고도 방면이 되다니!"

"일이 이 지경까지 된 건 당신의 경솔한 처신 덕분이올시다. 입조심만 했더라도 목숨은 부지했을 텐데 말이오."

"날 구할 방도는 아주 없는 거요?" 상황이 절박해진 트레샴은 간절한 눈빛으로 의무관을 바라보았다.

"아무것도 없소이다. 하느님께 영혼을 맡기시구려."

"긴히 할 이야기가 있다고 부관에게는 전했소?" 트레샴이 물었다.

의무관은 입그리브의 눈치를 슬쩍 보고는 이를 약속했다.

둘은 극심한 통증을 감내하고 있는 트레샴을 뒤로 하고 함께 감방을 나왔다. 30분 후 의무관이 돌아왔다. 그에 따르면, 부관은 그를 만나거나 증언을 들을 의사가 없으며 독이 퍼졌다는 사실도 믿지 않았다고 한다.

"편지를 주겠다면 흔쾌히 맡아주겠소. 직접 추밀원에 제보하리다."

"천만에요, 목숨이 붙어 있는 한 그럴 일은 없을 거요."

"치료는 할 수 없지만 적어도 통증은 가라앉힐 수 있는 약을 조제해 왔소이다." 의무관이 말했다.

"절대 먹지 않겠소." 트레샴은 신음했다. "당신도 미덥지가 않으니 말이오."

"혹시 모르니 두고는 가리다." 의무관은 조그마한 약병을 내려놓았다.

빗장 채우는 소리가 들렸다. 트레샴은 왠지 관이 닫히는 것 같아 고통 중에 절규했다. 극단적인 선택으로 명을 재촉할 수도 있었지만 용기가 없어 그러진 못했다. 그는 기력이 다할 때까지 감방에서 이리 저리 서성거렸다. 그러고는 침상에 몸을 던지려는 순간—한번 누우면 다시는 일어나지 못할 것만 같았다—약병이 눈에 들어왔다. '저게 독약이라면? 통증만이라도 속히 해소된다면야 ….'

결국에는 약을 삼켰다. 의무관의 말마따나 통증이 좀 가라앉았다. 침상에 누워 한동안 뒤척이다 잠이 들었다. 꿈에 케이츠비가 나타났다. 복수심이 가득한 낯으로 그를 끌어내리려 했다. 끝이 보이지 않는 구렁텅이가 발밑으로 입을 쩍 벌리고 있었다. 비명을 지르며 깨고 나니 침상 옆 서 있는 두 사내가 시야에 들어왔다. 하나는 간수였고, 하나는 복장으로 보아 사제가 틀림없었다. 하지만 후드를 푹 눌러써 얼굴은 확인할 수 없었다.

"죽음의 고통을 보러 온 거요, 아니면 날 죽이러 온 거요?" 트레샴이 간수에게 물었다.

"무슨 목적이 있어 온 것은 아니외다. 하도 마음이 쓰여 가톨릭 사제를 모시고 왔소이다. 그도 당신처럼 타워에서 옥고를 치르고 있지요. 따로 자리를 마련해 주겠지만 마냥 기다릴 수는 없으니 시간을 최대한 선용하시구려."

입그리브가 감방을 나가자, 사제인 듯 보이는 자가 나지막한 음성으로 더듬더듬 고해의 뜻을 밝혔다. 트레샴이 죄를 고백하자 사제가 면죄를 선언했다. 이때 그는 가슴에서 작은 봉투를 꺼내 고해성사를 집례한 신부에게 건넸다.

"솔즈베리 백작과 몬티글 경이 보낸 편지올시다. 추밀원에 제출해 주십시오. 부탁드리겠습니다."

"꼭 그리 하겠소."

그는 임종을 앞둔 트레샴을 위해 기도문을 암송하고는 자리를 떠났다.

"이제야 손에 넣게 됐군." 감방을 나온 몬티글이 후드를 뒤로 젖 혔다. "더는 신경 쓰지 않아도 될 걸세. 동이 트기 전에 주검이 되어 있을 테니까." 그가 간수에게 말했다.

재스퍼 입그리브는 문빗장을 걸어 잠그고는 웰타워로 갔다. 그가 돌아왔을 때는 이미 몬티글의 말이 이루어진 뒤였다. 트레샴은 죽은 채로 바닥에 누워 있었다. 쓰러진 자세와 일그러진 얼굴은 목숨이 끊 어질 당시의 고통을 생생히 보여주는 듯했다.

재판

    공모단에 대한 재판은 증거를 충분히 확보할 요량으로 연기되었다가 마침내 1606년 1월 27일 월요일로 확정되었다(장소는 웨스트민스터 법정). 이른 아침, 가까스로 목숨을 부지한 반역자 8인이 커다란 나룻배로 타워에서 법정으로 이송되었다(당시 가넷과 올드콘은 헨들립에 은신해 있었다). 궂은 날씨에도—폭설이 내리는 가운데 강은 살얼음으로 덮여 있었다—수많은 배가 마중을 나와 있었고 구경꾼들이 이를 가득 메웠다. 역모를 주도한 자들에 대한 반감이 어찌나 극에 달했던지 욕설과 저주로는 직성이 풀리지 않아 삼지창을 투척한 사람도 더러 있었다. 무장군인들이 저지하지 않았더라면 대규모 폭력사태로 비화되었을 것이다. 죄수들이 뭍에 발을 내딛자 계단 앞에 자리 잡은 군중으로부터 고성과 욕설이 쏟아졌다. 경비병은 죄수를 보호하느라 안간힘을 썼다. 어깨에 장총을 메고 강독에서 법정 입구까지 2열종대로 줄지어 있는 군인들 사이로 죄수들이 이동했다.

윌리엄 와드 경이 음울한 행렬의 선두에 서고 경호 담당관과 무장
군인 여섯이 뒤를 이었다. 집행관은 번뜩이는 사형도구(날은 좀 무
뎌 있었다)를 들고 다녔으며 그 뒤로는 에버라드 딕비 경—귀족다
운 기품과 잘생긴 외모로 숱한 동정을 불러일으켰다—과 앰브로스
룩우드가 보였다. 낙심한 기색의 윈터 형제가 그 뒤를 이었고, 케이
츠비의 시종으로 홀비치에서 잡힌 로버트 베이츠와 존 그랜트, 그리
고 키스와 포크스 순으로 행렬이 이어졌다.

공모자들에 대한 공분은 단연 고조되었으나 가이 포크스의 초췌
한 얼굴과 만신창이가 된 몸뚱이가 드러나자 분위기는 돌연 숙연해
졌다. 그제야 군중은 포크스가 의사당 인근 지하실에서 붙잡힌 주
인공이라는 사실을 눈치 채기 시작했다. 허리띠에는 발각될 당시 도
화선에 불을 붙이려 준비한 부싯깃과 성냥을 두르고 있었다. 그에
대한 궁금증이 증폭되었다.

법정 입구에 주동자가 들어서자 폭도의 고함소리로 귀가 따가울
지경이었다. 사람의 육성이라기보다는 피에 굶주린 맹수 수천마리가
포효하는 소리에 가까웠다. 그들은 줄지어 선 경비병을 뚫고자 안
간힘을 썼으나 결국에는 진압되었다. 수많은 무리가 더 모여들자
현장은 곧 아수라장이 되고 말았다. 한쪽은 웨스트민스터 법정에서
화이트홀 입구로, 한쪽은 웨스트민스터 사원으로 이어졌는데 둘 다
구경꾼들이 빼곡히 들어찼다. 지붕과 창, 부벽 할 것 없이 죄다 한
자리씩 차지하고 있었다. 법정 내부도 사정은 마찬가지였다. 한 치의
틈도 없던 터라 여기저기서 불만이 쏟아졌다. 공소장 내용을 알아들
을 수가 없었기 때문이다.

죄수들이 성실청court of the Star-Chamber으로 이송되자 최고의원들이 출석해 자리에 앉았다. 최고위원이란 (해군사령장관) 노팅엄 백작을 비롯하여, (왕실가정장관) 서포크 백작과 (거마관리관) 우스터 백작, (영국군사령관) 데번셔 백작, (해협항구감독관) 노샘프턴 백작, (국무장관) 솔즈베리 백작, (수석재판관) 존 포팜 경, (재무장관) 토머스 플레밍 경, (기사 작위를 받은) 토머스 워미슬리 경과 피터 워버턴 경 및 민소법원 판관 둘을 일컫는다.

공모자들은 안내원의 인도로 검은 천이 덮인 연단—법정 맨 끝에 세워졌다—으로 이동했다. 죄수가 한 사람씩 계단에 오를 때 무리의 분노로 주변이 어수선해졌다. 최고위원들의 진지한 표정에도 쉽사리 누그러지진 않았다. 가이 포크스가 마지막으로 연단에 올랐다. 그를 보자 탄식이 쏟아졌다. 포크스는 계단 난간에 몸을 의지하며 강직하고 담담한 표정으로 청중을 훑어보았다. 예상 외로 수많은 군중이 몰려 놀라지 않을 수 없었다. 하원 전원과 귀족들을 비롯하여 격자벽으로 가려진 좌측 특별석에는 헨리 여왕과 왕세자가, 우측에는 왕과 신하들이 착석했다.

좌중에 정숙하라는 명령과 함께 기소장이 낭독되었다. 혐의는 왕과 귀족을 화약으로 폭사시키기 위해 음모를 꾸미고 천주쟁이 등을 선동해 폭동을 꾀하려 했다는 것이었다. 공모자들은 모두 무죄를 주장했다. 자백도 듣고 진술서에 서명한 사실도 알고 있던 사람들은 적잖이 놀랐다.

"어찌 그런가?" 수석재판관이 강경한 어조로 가이 포크스에게 소리쳤다. "무슨 염치로 기소 사실을 부인하는 것인가? 현장에서 체포된 데다 반역죄까지 실토한 주제가 ⋯."

"나리, 자백한 바를 부인하겠다는 뜻이 아니올시다. 동의할 수도 없거니와 동의해서도 안 될 혐의가 한둘이 아닌지라 이를 부인한 것이오."

"좋소. 그럼 재판을 진행하십시다."

법정변호인인 에드워드 필립스 경이 기소장을 공개하자 에드워드 코크 법무총재가 변론을 개시했다. 그는 사악한 음모를 가리켜 "잉글랜드에서 가장 위대한 왕을 상대로 자행된 사상 최악의 반역죄"라 규정했다. 코크 경의 유창하고 섬세한 화술은 좌중에 깊은 인상을 남겼다. 아울러 그는 모반의 경위와 과정을 들려주고는 죄수들의 자백을 공개해야 한다고 주장했다. 진술서가 낭독되자 수석재판관은 배심원단을 잠시 밖으로 물러가게 했다. 얼마 후 그들은 다시 들어와 유죄 평결을 발표했다.

법정에 침묵이 흘렀다. 모든 시선이 공모자들에게 집중되었음에도 그들은 시종일관 담담했다. 이때 수석재판관은 사형을 언도해선 안 되는 이유를 물었다.

토머스 윈터가 운을 뗐다. "중한 죄를 범한 제가 아우대신 사형을 당하게 해 달라는 것이 나리께 하고픈 유일한 부탁이오."

"제 소원은 형님의 뜻이 이루어져선 안 된다는 것뿐이올시다." 로버트 윈터가 맞받아쳤다. "형이 극형을 받는다면 나도 살 마음이 없으니까요."

"전 소원도 없고 딱히 용서를 구할 것도 없습니다." 키스의 발언이 다소 거칠어졌다. "팔자가 늘 사나웠지만 지금이 가장 좋은 것 같구려."

"전 사면을 바랍니다." 룩우드도 입을 열었다. "죽음이 두려워서가 아니라 수치스런 결과로 명예와 혈육에 평생 오점을 남길까 두렵기 때문이외다. 육신은 벌하시되 생명은 보전하시는 하느님을 본받으시길 겸허히 간청 드리오."

"공모한 것은 유죄가 맞소만 완수는 실패했으니 이를 참작해 주시길 바랍니다." 존 그랜트는 이렇게 변론했다.

"죄가 있다면 주인님을 섬겼다는 것이겠지요." 베이츠도 억울한 사정을 토로했다. "절 살려주신다면 케이츠비에게 한 것처럼 평생 폐하를 모시겠습니다."

"난 할 말이 없소이다." 포크스는 굳은 표정으로 주변을 둘러보았다. "계속 입을 다물고 있으면 혹시라도 겁에 떨고 있다는 오해를 살 것 같아 하는 말이오. 사면을 운운해도 난 거절하겠소이다. 거사에 가담한 것 자체가 영광이었으니 미수로 끝난 게 아쉬울 따름이오."

"악독한 반역자가 감히 어느 안전이라고 주둥이를 놀리는가!" 솔즈베리 백작이 벌떡 일어나 언성을 높였다.

이때 두 군인이 발판 계단으로 뛰어올라가 양쪽에 서서 포크스에게 재갈을 물렸다.

"내 뜻은 여기까지요." 포크스는 저지에 아랑곳하지 않고 말을 맺었다.

"이 말은 꼭 해두고 싶소이다." 에버라드 딕비 경이 판관 앞에 절하며 말했다. "나리 중 어느 누구라도 제게 용서한다고 말씀해 주신다면 의연히 사형대에 서겠소이다."

"하느님은 용서하실 거요. 나도 그렇고." 노팅엄 백작이 말했다.

"고맙소이다."

수석재판관인 존 포팜 경이 각 죄수를 두고 유죄를 선고하자 그들이 밖으로 끌려 나갔다.

공모자들이 법정을 나올 무렵 유죄가 선고된 사실이 알려지자 환호성이 허공에 울렸다. 사방팔방에서 공격을 당한 터라 배에 닿기가 쉽진 않았으나 경비병이 나선 덕에 어렵게나마 배에 올라 런던타워로 무사히 이송되었다.

최후의 밀회

가이 포크스와의 면회가 불가할 당시 비비아나는 두 차례에 걸쳐 추밀원의 심문을 받았다. 공모에 대해 알고 있는 것은 전부 실토했으나 가넷과 올드콘 신부를 두고는 입을 다물고 있었다. 체포되었다는 사실을 아직 모르고 있었기 때문이다. 다행히 고문 대상에는 들지 않았지만 건강이 급속도로 악화돼 침상을 벗어날 수 없을 정도로 기력이 쇠했다. 의무관은 입그리브 여사의 호출로 그녀의 상태를 파악해 윌리엄 와드 경에게 이를 보고했다. 경은 모든 수단을 동원해서라도 건강을 회복시키라고 지시하는 한편, 룻 입그리브에게는 상시 간호를 주문했다.

비비아나는 간수의 딸에게서 가이 포크스의 근황을 확인했다. 그가 종교에 심취해 정작 자신의 운명은 체념하고 있다는 말을 듣자 시원섭섭한 기분이 들었다. 한편 솔즈베리 백작은 비비아나를 공모단과 함께 법정에 세우려 했으나 의무관의 말마따나 그녀를 무리하게 이송했다가는 목숨을 잃을 수도 있어 일정을 연기해야 했다.

롯이 재판 결과를 알리자, 비비아나는 가이 포크스의 유죄를 예상했음에도 그 자리에서 실신하고 말았다. 정신을 차리자마자 그녀는 롯에게 애원했다. "죽기 전에 그이를 꼭 만나고 싶어. 살 날이 얼마 남지 않은 것 같거든." 롯은 비비아나의 안색을 보고 화들짝 놀랐다.

"아씨, 그럴 수는 없어요. 하지만 노력은 해 볼게요."

"그래 준다면 내 복이 네 머리에 깃들기를 기도하마 …."

"혹시 돈 좀 있으세요? 이런 것까지 요구하는 저 자신이 가증스럽지만 아버지의 탐욕을 움직이려면 이 방법 밖에는 없거든요."

"황금 십자가 밖에 없으니 이거라도 줄게."

"이거라면 먹히겠는걸요." 롯은 십자가를 받으며 말했다.

감방을 나온 롯은 웰타워로 달려갔다. 마침 입그리브는 공모자들을 각방에 가두고 돌아와 저녁식사를 하려던 참이었다.

"어이, 젊은 아가씨가 어인 행차신가? 왜 그리 호들갑을 떠는 게야? 비비아나 래드클리프가 죽기라도 한 거냐?"

"아뇨, 하지만 곧 죽을 것 같아요."

"그렇다면 내가 직접 가야겠구나." 입그리브 여사가 나섰다. "돈 몇 푼이라도 쥐고 있을지 모르니 …."

"엄마, 지금 가봐야 소용없을 거예요." 혐오스럽다는 기색이 표정에 묻어났다. "이 황금 십자가 말고는 아무것도 없다더라고요. 아씨가 죽기 전에 가이 포크스를 만나게 해주면 아빠한테 주겠다고 …."

"그럼 어서 다오." 재스퍼 입그리브가 말했다. "아씨를 고이 잠들게 해 줄 테니."

"남편을 만나지 않으면 고이 죽을 수가 없다고요! 아빠가 부탁을 들어주지 않으면 드리지 않을래요."

"나더러 어쩌란 말이냐!" 입그리브가 언성을 높였다. "내가 어찌 감히 …."

"아빠, 저 하나도 겁 안 나거든요. 나도 이판사판이니 잘 들으세요!" 룻은 입그리브의 팔을 붙잡고 그에게 시선을 고정했다. 마치 혼을 꿰뚫을 것만 같았다. "들어보세요." 여사에게는 들리지 않을 만큼 목소리를 낮추었다. "아씨는 남편을 만나야 한다고요. 그렇게 못하시겠다면 아빠가 트레샴을 죽였다는 사실을 폭로하겠어요. 정말 그러면 어쩌실래요?"

"십자가나 다오."

"먼저 만나게 해주시죠."

"알았다, 알았어. 꼭 만나야겠다면 그리 해 줘야지. 하지만 자칫 잘못했다가는 내가 곤욕을 치를 수도 있단 말이야. 가이 포크스는 포셋 담당이니 우선 설득부터 하마."

"누구든 상관없으니 마음껏 하세요. 하지만 마냥 지체했다가는 죽을지도 모른다고요."

입그리브는 중얼중얼 육두문자를 내뱉고는 웰타워를 떠났고, 룻은 비비아나—룻을 애타게 기다리고 있었다—에게 돌아가 자초지종을 들려주었다.

"아, 어렵사리 버틸 수는 있을 것 같지만 기력이 크게 쇠하고 있으니 …."

룻은 비비아나를 달래려 했지만 감당할 수 없다는 생각에 무릎을 꿇고 곁에서 베개를 부여잡으며 눈물을 쏟았다. 30분이 흘렀다. 둘에게는 1년처럼 길게 느껴졌지만 간수는 여태 오지 않았다. 룻마저 모든 희망을 포기했을 때 통로에서 무거운 발자국 소리가 들렸다. 문이 열리자 가이 포크스가 입그리브와 포셋의 부축을 받으며 들어왔다.

"편히 이야기 나누시구려." 포셋은—말에 인간미가 밴듯했다—룻에게 따라오라 손짓하고는 입그리브와 함께 방을 나갔다.

한편 가이 포크스는 침상에 다가가서는 몹시 괴로운 표정으로 비비아나를 바라보았다. 그녀도 애정 어린 눈빛으로 눈을 응시하며 가녀린 손가락 사이로 그의 손을 꼭 쥐었다.

"전 영원의 문턱에 와 있어요." 비비아나는 진지하게 말했다. "당신이 내세에서 나를 다시 만나고 싶어 하듯, 나도 당신이 몇날 며칠이라도 진심을 다해 회개하길 간절히 바란답니다. 당신이 죄를 지었으니까요. 죄는 중하지만 구원의 능력은 아직 벗어나지 않았어요. 그러니 내가 당신을 구원해 냈다고 생각한다면 행복하게 죽을 수 있을 것 같아요. 당신을 향한 사랑과 당신을 위해 감내한 고통, 그리고 당신을 위해 맞이하는 죽음을 걸고 부탁할게요. 한시도 지체하지 말고 하느님께 용서를 구하시길 …."

비비아나의 죽음

"그렇게 하겠소. 꼭 그렇게 하리다." 포크스는 울컥하며 말했다. "당신 덕분에 내 죄에 눈을 뜨게 되었소. 진심으로 회개하리다."

"이제 당신도 구원을 받았어요! 구원을 받았다고요!" 비비아나는 상체를 일으키며 두 팔을 벌려 포크스를 끌어안았다. 한동안 통곡이 끊이지 않았다.

"그럼 …" 비비아나가 누우며 말했다. "무릎을 꿇고 용서를 구하세요. 내가 들을 수 있도록 기도하면 저도 같이 할게요."

가이 포크스는 침대 옆에서 기도하며 하느님께 간절히 용서를 구했다. 비비아나의 나지막한 목소리가 들렸다. 음성은 점차 희미해지다가 아주 조용해졌다. 두려운 마음에 벌떡 일어나 보니 천사 같은 미소가 만면에 피어 있었다. 비비아나는 눈을 응시했지만 흐릿해지던 빛은 마침내 사그라지고 말았다.

가이 포크스는 오열하며 쓰러졌다. 밖에서 대기하고 있다 곡성에 놀란 포셋과 입그리브는 부리나케 들어와 그를 일으켜 세웠다. 제정신이 아닌지라 그 순간만은 기력을 되찾은 듯했다. 포크스는 그들을 뿌리치며 애를 끊는 듯 절규했다. "우릴 갈라놓을 순 없소! 아내와 함께 죽을 테니 놔두시오! 여차하면 벽에 머리를 부수겠소. … 호락호락 끌려가진 않겠소이다!"

발악은 통하지 않았다. 그들은 포크스를 붙잡고 지원을 요청해가며 다시 감방으로 보냈다. 혹시라도 자결을 할까 싶어 쇠고랑을 채워 두었다.

이때 룻은 포크스와 간수 일행이 현장을 떠나자마자 감방에 들어가 고인을 위해 마지막 예식을 치렀다. 기도와 눈물로 시신 곁을 밤새 지킨 것이다. 이튿날 비비아나의 주검은 세인트피터(성베드로) 성당 장례실에 안치되었다. 추모객은 간수의 딸인 룻뿐이었다.

"하느님께서 친히 평안을 주시길 …" 룻은 무덤 앞에서 돌아서며 절규했다. "아씨의 슬픔이 이제야 마침표를 찍는군요!"

세인트폴 형장

가이 포크스는 한동안 기가 죽어 있었다. 냉정한 기질이 완전히 누그러져 어린아이 같이 울곤 했다. 그러나 격앙된 감정이 진정되자 자신이 애도했던 아내의 마지막 유언이 떠올랐다. 그는 기도에 몰두하며 죄를 뉘우쳤고 아내가 용서의 중보자가 되기를 간절히 바랐다.

본디 미신에 휘둘리는 성향이 있던 터라, 하느님이 기도를 들으셨다는 증거를 받았다는 생각이 전혀 낯설지는 않았다. 이를테면, 초자연적인 선율이 은은하게 머리 위를 맴돌고 천국에서나 맡음직한 향기가 감방을 채우는가 하면, 보이지 않는 손가락이 이마를 어루만지기도 했다. 황홀경에 도취된 그는 작금의 비참한 상황을 전혀 의식하지 못한 채 하늘의 지복을 미리 만끽하고 있는 듯했다. 포크스는 기도를 중단하지 않고 온종일 매진했다.

그날 밤 부관이 찾아왔다. 그는 공모자 4인의 처형일이 목요일로 확정되었다는 소식(당시는 화요일)을 통지했다. 포크스를 비롯한 세 반역자의 집행은 다음날이나 돼야 실시될 거라고 덧붙였다.

"주동자 중에서도 당신이 가장 악질이니 맨 나중에 처형될 거요." 와드 경이 너스레를 떨었다. "판결은 일점일획도 누락되지 않을 거고 ⋯. 당신이 끌려갈 올드 팰리스 야드는 공교롭게도 피비린내가 진동할 뻔한 테러 현장을 마주하고 있소이다. 말 뒤꽁무니로 형장까지 질질 끌려가 교수대에서 목숨이 끊어지고 나면 내장은 죄다 적출될 것이고 사악한 모반을 꾀한 심장은 파열될 것이며 사지는 궁 대문에 매달려 사람들 눈에 가증스러운 흉물이 될 것이오. 폐하가 정당하게 복수를 행하셨다는 증거가 되기도 할 테고 ⋯."

가이 포크스는 미동도 하지 않은 채 섬뜩한 판결 내용을 들었다.

"폐하께는 가장 먼저 죽여주십사 간청했을 터인데, 결과야 어떻든 하느님의 뜻은 이루어질 것이외다! 죗값은 달게 받겠소."

"뭣이! 완악한 성질이 드디어 누그러진 것인가?" 부관은 아연실색했다. "죄를 뉘우친 거요?"

"진심으로 깊이 통회했소."

"진정 회개했다면 모반에 가담한 자들의 이름을 모두 밝히시오."

"난 죄를 자백할 뿐 남을 고발하고 싶진 않소."

"그렇다면 죄를 뉘우치지 않고 죽는 것이나 진배없소이다. 내세에서의 면죄도 포기하시구려."

가이 포크스가 말없이 고개를 숙여 절하자 부관은 그를 쏘아보며 감방을 나왔다.

이튿날 공모자들은 모두 화이트타워의 세인트존(성요한) 부속성당으로 이송되었다. 세인트폴(성바울) 대성당의 닥터 오버럴 주임 사제가 연설문을 낭독했다. 그는 범죄의 심각성을 과장해가며 회개를 촉구했다. 낭독 후 죄수들이 현장을 떠날 무렵, 상복을 입은 두 여인—딕비 부인과 룩우드 여사—이 성당에 들어와 남편에게 달려갔다. 동료들은 애절한 상봉을 볼 수 없어 시선을 피하며 물러갔다. 이때 말문이 막힌 딕비 부인이 실신하자 딕비 경은 인사불성이 된 아내를 수행원에게 맡겼다. 반면 룩우드 여사는 심신의 고통으로 미모는 좀 퇴색했어도 지조는 강한 터라 "사내답게 상황을 감내하시라" 격려하고는 그를 살포시 안아주었다. 죄수들은 다시 감방으로 끌려갔다.
다음날 이른 아침, 사형이 확정된 4인—에버라드 딕비 경과 윈터(형), 존 그랜트 및 베이츠—이 뷰챔프타워로 이송되었다. 베이츠가 윗사람들과 거리를 두고 서 있자 에버라드 딕비 경이 지그시 그의 손을 잡고 일행 쪽으로 데려왔다.

"지금은 지위고하를 따질 때가 아닐세. 자네를 곤경에 빠뜨렸으니 오히려 우리가 용서를 구해야지."

"나리, 저는 괜찮습니다. 케이츠비 나리를 존경했기 때문에 언제든 목숨을 내놓으려 했으니까요. 주인님의 대의를 위해서라면 저도 기꺼이 죽겠습니다."

"부관 나리." 로버트 윈터가 윌리엄 와드 경—주변에 포셋과 입그리브도 있었다—에게 말을 걸었다. "동생에게 전해주시구려. 죽는 순간까지 동생을 사랑할 것이고 고인이 되어 산 사람을 지켜볼 수 있다면 죽는 순간까지 동생과 함께 할 거라고 말이오."

마침 말발굽 소리가 들려왔다. 부관은 쇠살대가 박힌 창밖으로 말을 탄 기사 넷을 확인했다. 말 뒤로 슬레지·허들(sledge and huddle, 나무로 짠 자리로 죄수를 여기에 눕힌다. 직사각형에 크기는 장정의 신장만하다 – 옮긴이)이 밧줄에 묶여 있었다. 문 앞에서 대기하고 있던 차에 한 관리가 방에 들어와 채비를 마쳤다고 일렀다. 윌리엄 와드 경은 죄수에게 따라오라 손짓하며 나선형 계단을 내려갔다.

초지에 말과 보병 무리가 몰려들었다. 공모자들이 성채의 아치형 문에서 나오자 세인트피터 성당의 종이 울리기 시작했다. 에버라드 딕비 경이 허들에 묶이고 다른 일행도 같은 방식으로 속히 결박되었다. 암울한 분위기를 자아내는 기병이 행렬을 지었다. 기마대가 군장을 갖추고—어깨에는 총을 걸쳤다—선두에 서너 창을 든 보병이 뒤를 따랐고 곧이어 가면을 쓴 집행관이 말을 타고 줄을 이었다. 네 명의 죄수도 허들에 묶인 채 차례로 이동했다. 아울러 말에 오른 부관 뒤로는 기마대가 선봉과 같은 군장을 하고 후미에 섰다. 그들은 미들타워 입구에서 런던 기록관인 헨리 몬터규 경과 집행관을 만났다. 부관은 관습에 따라 집행관에게 죄수의 시신을 인도해왔다. 잠시 후 행렬이 재개되었다. 불워크 게이트를 나와 대거 모인 군중을 뒤로하고 타워스트리트 방면으로 이동했다.

런던에도 대규모 인파가 몰릴 것을 예상한 시장은 소요사태가 일어날까 두려워 구 의원들에게 명령서를 발부했다. "창을 들 수 있는 사람 중 반역자들이 지나가는 길목에 거처가 있다면 입구에서 대기하시오. 오전 7시부터 집행관이 돌아올 때까지 서 있어야 하오." 물론 이것이 치안을 유지하기 위한 조치의 전부는 아니었다. 기병 행렬은 타워스트리트를 비롯하여—고정된 경로를 따라—그레이스처치스트리트와 롬바드스트리트, 칩사이드 등을 거쳐 사형대가 세워지는, 세인트폴 성당의 서쪽 끝까지 진행했다. 길 양쪽으로 창을 든 군인이 줄을 이었고 십자로에는 방벽이 세워져 있었다. 이러한 대응책이 아주 불필요했던 건 아니었다. 대규모 인파가 운집한 까닭에 무장 군인만이 혼란과 무질서를 방지할 수 있었을 테니까. 가가호호의 지붕과 교회탑 및 십자로 계단에는 구경꾼들이 빼곡히 들어차 있었다. 그들은 죄수가 지나갈 때 온갖 욕설과 야유를 퍼부었다.

앞서 말했듯이, 사형대는 성당의 서쪽 입구 앞에 세워졌다. 성전의 웅장한 대문이 열리자 길쭉이 늘어선 통로에 구경꾼들이 가득했다. 지붕과 중앙 탑도 마찬가지였다. 행렬이 시야에 들어오기 전부터 울리던 종소리는 사형이 집행되는 내내 암울한 음색을 토해냈다. 둔탁한 북소리는 조바심을 참지 못해 어수선한 군중 위로 울려 퍼졌다. 대성당에서 러드게이트힐에 이르기까지는 인파가 몰렸으나 사형대 앞은 공간이 탁 트였다. 죄수를 허들에 묶은 결박도 하나둘씩 풀리기 시작했다.

섬뜩한 순간, 집행을 채비하는 끔찍한 과정은 모두 꿰고도 남을 시간이 흘렀다. 죄수들 먼발치에는 불이 활활 타올랐다. 그 위로 펄펄 끓는 피치 솥에는 절단된 사지가 들어갈 참이었다. 기다란 교수대에 쌍사다리를 댔다. 사다리 발판 위로 집행인이 손에 밧줄을 들고 올라섰다. 사다리 밑에는 사지를 절단하는 구획을 마련해 두었다. 가면을 쓴 집행인은 도끼를 들고 허리띠에는 크고 예리한 칼 두 자루를 찼다. 팔에서 어깨까지 맨살이 드러나 있고 허리에 두른 가죽 앞치마는 낭자한 피로 얼룩져 잔인무도한 인상을 더했다. 교수대 아래에는 지푸라기가 듬성듬성 흩어져 있었다.

에버라드 딕비 경이 첫 사형수로 부름을 받았다. 꼿꼿한 발걸음으로 사형대에 올라선 그는 젊은 외모와 귀족적인 풍채와 의연한 표정으로 군중의 동정심을 불러일으켰다. 딕비 경은 주위를 둘러보며 외쳤다.

"선민은 들으시오, 난 곧 죽을 목숨이외다. 무슨 연고인지는 잘 알 것이오. 지금껏 양심의 명령을 따르다 보니 어느덧 거사에 가담하게 되었소. 종교적으로는 결코 죄가 성립되지 않으나 법적으로는 흉악한 범죄라 하니 하느님과 폐하와 온 천하에 용서를 구하고 싶소이다."

가슴에 십자성호를 긋고 무릎을 꿇은 채 라틴어로 기도를 드린 그는 다시 일어나 주변을 둘러보며 진지하게 말을 이었다.

"나는 다름 아닌 선량한 가톨릭 교도의 기도만을 바랄 뿐이오."

"기도는 무슨 ⋯." 군중에 속한 구경꾼 몇몇이 조롱했다.

에버라드 경은 대꾸에도 아랑곳하지 않고 수행원에게 자신을 맡겼다. 그는 망토와 더블릿을 벗기고 깃을 풀었다. 딕비 경이 사다리에 오르자 곧 교수형이 집행되었다.

로버트 윈터 차례다. 그는 굳은 표정으로 사형대에 올랐다. 눈에 보이는 것이라고는 섬뜩한 참극뿐이었다. 지푸라기에 혈흔이 튀어 있었고 (사지를 절단하는) 집행인의 칼과 손과 팔에도 진홍색 얼룩투성이었다. 사형대 한쪽 구석에 둔 광주리에는 딕비 경의 절단된 팔다리가 담겨 있었다. 로버트 윈터는 무시무시한 사태를 목도하고도 냉정을 잃지 않았다. 군중 앞에서는 말을 아낀 채 수행원의 손에 넘겨져 동지와 운명을 같이했다.

다음은 그랜트가 호명되었다. 앞서 간 윈터처럼 의연하게 주변을 둘러보며 의기양양한 낯으로 말문을 열었다.

"조만간 반역자로 죽임을 당하겠지만 그리 죽는 것도 나쁘진 않을 듯하오. 사실 거사는 죄와 거리가 멀기 때문에 평소에 저질렀던 모든 죄악을 속죄하는 심정으로 악착같이 가담하게 된 것이외다."

군중으로부터 엄청난 야유를 받았음에도 그랜트는 꿈쩍하지 않고 기도를 몇 마디 하고는 가슴에 십자성호를 긋고 사다리에 올랐다. 집행은 속히 진행되었다. 베이츠의 죽음으로 잔혹한 처형이 모두 종료되었다. 그도 일행처럼 의연하게 죽음을 맞이했다.

집행은 최대한 신중히 엄수된 터라 완수까지는 거의 한 시간이 소요되었다. 군중은 각자가 본 광경에 대해 수군거리며 남은 휴일을 마저 보내기 위해 뿔뿔이 흩어졌다. 다음날에도 흥미진진한 볼거리가 기다리고 있을 거라는 마음으로 ….

올드 팰리스 야드

가이 포크스는 끝까지 평정을 유지했다. 집행 시간이 다가올수록 등등한 기세로 초연한 자세를 보였다. 외려 집행이 속히 끝날까 두려웠다. 날이 저물 무렵 입그리브가 자리를 뜨자 포크스는 침상에 누워 잠을 청했다.

꿈도 마음을 위로했다. 눈처럼 하얀 옷을 입은 비비아나가 씩 웃으며 기대감을 심어주었다. 영원한 행복의 문이 내일 열린다는 것이다.

그는 4시경에 잠을 깨고 난 후 간수의 호출이 있기 전까지 기도에 몰입했다. 6시경, 입그리브가 룻과 함께 나타났다. 딸아이가 작별 인사를 위해 입그리브를 구워삶았기 때문이다. 룻이 비비아나의 주검이 매장되기까지의 과정을 소상히 들려주자 포크스는 눈시울을 붉히며 경청했다.

"내 시신도 아내 옆에 안치해 두시게. 물론 그렇게 되진 않겠지만."

"당연하지 않겠소." 입그리브가 퉁명스레 대꾸했다. "비비아나의 시신을 화이트홀 대문으로 옮기면 또 모를까."

포크스는 입그리브의 야만스런 망발—부끄러운 마음에 룻의 볼이 빨개졌다—을 무시하고 룻의 손을 지그시 잡았다.

"기도할 때 나를 잊지 말고 비비아나의 무덤에도 가끔 들러주시구려."

"여부가 있겠어요." 룻은 울컥해 목이 멨다.

포크스는 작별을 고한 후 간수를 따라 얽히고설킨 통로를 지났다. 어느덧 뷰챔프타워 아래층에 있는 감방 입구가 시야에 들어왔다. 입그리브는 문을 열고 나선형 계단에 올라 좀더 큼지막한 감옥으로 안내했다. 룩우드와 키스 및 토머스 윈터도 이미 와 있었다.

아침은 청명했지만 서리가 내릴 만큼 몹시 추웠다. 부관이 이르자 룩우드가 난롯불을 부탁했다. 이생에서의 마지막 사치는 일언지하에 거절했지만 대신 그는 알싸한 와인 한 잔을 뜨겁게 데워 주었다. 셋은 잔을 들었으나 포크스는 이를 거부했다.

전날과 같은 시각, 죄수를 결박한 허들이 성채 입구로 끌려왔다. 다른 공모자와 마찬가지로 기록관과 집행관이 미들타워에서 그들을 맞이했다. 얼마 후 행렬이 출발했다. 전날보다 훨씬 많은 인파가 운집한 탓에 경비병들은 질서유지에 안간힘을 써야 했다. 러드게이트에서 행렬이 잠시 중단되었다. 이때 룩우드는 혹자의 절규를 들었다. 고개를 들어보니 아내가 어느 가옥 2층 창가에서 손수건을 흔들고는 손짓으로 그를 격려하고 있었다. 룩우드도 화답하려 했으나 손이 결박된 탓에 도리는 없었다. 곧 행렬이 재개되었다.

템플바(아일랜드의 수도 더블린의 한 지역 – 옮긴이)에서도 진행이 멈추었다. 행렬이 서서히 이동하자 대규모 인파가—불어난 하천처럼—자취를 휩쓸듯 지나갔다. 화이트홀의 두 출입문은 평소에는 폐쇄해 웨스트민스터까지의 이동이 제한되었으나 행렬이 접근해오자 곧 개방되어 무리 중 일부는 이를 통과했다. 한편 세인트폴 성당에서 가져온 사형대는 의사당 앞에 있는 올드 펠리스 야드 중앙에 세워 두었다. 사형대 주위로 창을 든 군인들이 둥그렇게 서 있었고 그 밖에는 인파가 빼곡히 몰려 있었다. 웨스트민스터 사원의 부벽과 탑뿐 아니라 의사당 지붕과 입구 위 객석 할 것 없이 도처에 구경꾼들이 즐비했다.

행렬이 화이트홀 입구를 지나자 수도원의 종이 울리기 시작했다. 깊은 울림이 허공을 가득 메웠다. 공모자들의 결박이 풀리자 마침 톱클리프가 나타나 말에서 내렸다. 매무새가 흐트러진 것으로 미루어 장거리를 이동한 듯했다.

"다행히 늦진 않았구려." 그는 의기양양한 표정으로 죄수들을 대충 훑어보았다. "오늘이 마지막 처형일은 아닌 듯하외다. 가넷과 올드콘 신부가 런던으로 이송되고 있으니 말이오. 여우같은 사제를 찾느라 시간이 좀 걸렸지만 결국에는 잡아왔소이다."

이때 한 관리가 다가와 토머스 윈터에게 사형대에 오르라고 주문했다. 두려운 기색은 전혀 없었으나 돌연 얼굴이 붉어졌다. 부관이 낯빛을 지적하자, 그는 아우가 앞서 이 계단에 올랐을 거라 생각해 감정이 격앙되었다고 밝혔다. 아울러 진정한 가톨릭 신도로서 생을 마감한다는 그는 죄가 아주 없진 않지만 신앙으로 구원을 받고 싶다는 말로 최후 진술을 갈음했다.

다음 차례인 룩우드는 다소 장황하게 열변을 쏟아냈다. "하느님께 지은 죄를 자백하리다. 피를 흘리려 했으니 주님의 은혜를 간절히 구하고, 폐하와 전 국민에게 죄를 범했으므로 폐하와 모든 이들에게도 자비를 구하고 싶소. 전능하신 하느님께서 왕과 여왕 및 귀족들을 축복하시고 저들이 장구한 세월 동안 무탈히 통치하길 바라오. 부디 주께서 가톨릭 신도들에게 마음을 돌이키사 이단이 이 나라에서 일소되기를 진심으로 기원하외다!"

초반에는 무리가 경청했으나 후반으로 갈수록 야유와 조롱에 언변이 묻혔다. 결국 룩우드도 영원으로 가는 여정에 동참했다.

키스는 차례가 되자 군중을 경멸하듯 둘러보며 사다리에 올랐다. 너무 힘껏 투신한 탓에 밧줄이 끊어지고 말았다. 집행인과 조수는 그를 즉시 죽여 버렸다.

이제 가이 포크스만 남았다. 그는 천천히 사형대에 올랐다. 선혈이 낭자한지라 발이 미끄러졌다. 옆에 있던 톱클리프가 손을 잡지 않았다면 넘어졌을 것이다. 주변을 둘러보자 순간 정적이 흘렀다. 그는 또렷하고 낭랑한 목소리로 운을 뗐다.

"내 죄에 대하여는 폐하와 온 국민에게 용서를 구하고 싶소. 죽음이 죄과를 씻어 주리라 믿소이다."

그는 가슴에 십자성호를 긋고 무릎을 꿇은 채 기도하기 시작했다. 기도를 마치자 집행인의 조수가 망토와 더블릿을 벗겨 동지들의 옷가지 위에 얹었다. 포크스는 사다리를 오르려 안간힘을 썼으나 사지가 경직돼 운신하기가 어려웠다.

"용기가 부족한가?" 톱클리프가 어깨에 손을 올리며 조롱했다.

"기력이 없어 그렇소." 포크스가 혐오스런 표정으로 쳐다보았다. "사다리를 타야 하니 좀 부축해 주시구려. 내가 죽음을 두려워하는지는 대번 알게 될 거요."

도끼에 몸을 기대고 있던 집행인이 피로 얼룩진 손을 내밀자 포크스는 역겹다는 듯 인상을 쓰며 이를 뿌리쳤다. 그는 안간힘을 쓰며 어렵사리 가로대를 밟고 올라갔다.

교수형 집행인이 목에 밧줄을 걸칠 무렵 단번의 미소로 얼굴이 환해졌다.

"기분이 째지는 모양이군."

"그렇소." 포크스는 진심을 밝혔다. "사랑하는 여인이 손짓하는 구려. 행복이 사그라지지 않는 곳으로 오라고 말이오."

그는 두 팔을 내밀며 투신했다. 집행인의 칼이 사지를 베기 전, 목숨은 이미 끊어진 뒤였다.

사형대에 오른 가이 포크스

마침표를 찍다

들려줄 일화가 조금 더 남았다. 조금이라고는 했지만 방금 이야기한 비극만큼이나 참담하다.

가넷과 올드콘 신부는 동지들이 처형을 당한 지 2주가 지난 2월 12일, 애빙던을 비롯한 그의 시종과 함께 런던으로 이송되었다. 당시 웨스트민스터 게이트하우스에 끌려간 그들은 이튿날 성실청에서 추밀원과 솔즈베리 백작에게 심문을 받았다. 캐널 만한 정보는 없었다. 가넷은 백작의 추궁에 애매하고 장황한 답변을 늘어놓았다. 심문을 마치자 런던타워로 보내라는 명령이 떨어졌다.

톱클리프가 계단까지 동행했다. 가넷 일행이 타워로 끌려갈 무렵 그는 가넷의 관심을 흉물스러운 물체 쪽으로 돌리게 했다. 이는 궁전 대문 위로 솟은 창에 박혀 있었다.

"저게 뭔지 알아보겠소?"

"모르겠소이다." 신부는 몸을 부르르 떨며 눈을 돌렸다.

"참으로 이상하구려. 한때는 사이가 아주 가까웠던 사람들인데 말이오. 저건 가이 포크스의 머리요. 역모를 꾀한 자 중에서 …" 톱클리프는 쓴웃음을 지었다. "진심으로 죄를 뉘우친 사람은 그자뿐이었소이다. 헌데 소문을 듣자하니 비비아나 래드클리프가 포크스를 그렇게 바꿔놓았다 하더이다."

"하느님, 영혼에 은혜를 베푸소서!" 가넷이 중얼거렸다.

"좀 기괴하긴 하지만 케이츠비의 근황도 일러드리리다. 퍼시와 함께 홀비치 정원에 묻어두었는데 솔즈베리 백작이 돌연 분부를 내리더이다. 사체를 파내 사지를 절단하라고 말이오. 워릭 성 대문에 세워둘 요량으로 케이츠비의 머리를 절단하자 피가 솟구칩디다. 핏줄속에 마치 생명이라도 있는 것 같았소이다."

"그런 잡설 따위를 나더러 믿으라는 거요?" 가넷은 미덥지 않다는 눈치였다.

"믿든 안 믿든 그건 신부님 마음이지요." 톱클리프는 분을 내며 대꾸했다.

가넷은 성에 이르자마자 뷰챔프타워의 어느 큼지막한 방에서 유숙하며 시종인 니콜라스 오웬을 불러들였다. 올드콘 신부도 컨스터블타워 내의 호사스런 숙소에 머물게 되었다. 솔즈베리 백작은 천주쟁이들에게 결정적인 타격을 입힐 만한 정보를 입수하고 싶은 마음에 예수회 사제들에게 관용을 베풀었던 것이다. 그러나 백작의 의도는 빗나가고 말았다. 호락호락 죄를 자백하지도 않았거니와 누군가를 밀고하지도 않았기 때문이다. 사실, 테러 공모에 가담했다고 시인한 죄수는—트레샴을 포함해—하나도 없었으니 죄를 입증할 증거를 찾는 일이 쉽지가 않았던 것이다. 가넷은 솔즈베리 백작과 추밀원 관계자들에게 매일 심문을 당했으나 추궁하는 족족 죄를 부인했다.

"가넷 씨, 좋은 말로 할 때 사실을 털어놓으시지요. 그러지 않으면 고문 외에는 답이 없소이다."

"미나레 이스타 푸에리스(협박은 애송이한테나 하시게)!"

"나리, 두 사제를 제게 맡겨 주십시오." 의원실에서 진행된 심문을 죽 참관하던 윌리엄 와드 경이 백작에게 나지막한 소리로 말했다. "제게 맡겨만 주시면 고문 없이도 술술 자백하게 만들겠습니다."

"그럴 수만 있다면 국가에 큰 공을 세운 것이나 진배없지. 그럼 자네에게 일임하겠네."

부관은 지체하지 않았다. 가넷과 올드콘은 와드 경의 지시로 방을 나와 인접한 두 지하감방에 투옥되었다. 방 사이를 가른 벽에는 밀실이 있었다(밀실을 설치한 목적은 차차 알게 될 것이다). 이틀이 지나자 입그리브—사전에 지시를 받았다—가 올드콘의 감방 안을 한 동안 기웃거리다 마지못해 하는 척 말을 꺼냈다. 푼돈을 좀 쥐여 주면 가넷 신부와 이야기를 나누게 해주겠다는 것이다.

올드콘은 약속을 지키기 전에는 안심할 수 없다고 했다. 미끼를 덥석 문 것이다. 입그리브는 기다렸다는 듯 측벽에 서서 등불을 비추며 철로 된 조그만 옹이를 보여주었다.

"옹이를 눌러 보시구려. 돌멩이가 하나 떨어질 터인데 그럼 옆방에 있는 가넷 신부와 이야기를 나눌 수 있소이다. 하지만 혹시라도 누가 오면 돌은 꼭 제자리에 두어야 합니다."

올드콘 신부는 속임수를 눈치 채지 못한 채 조심하고 또 조심하겠다며 입그리브에게 돈을 건넸다. 그가 자리를 뜨자 신부는 옹이를 눌렀다. 간수의 말대로 돌멩이가 떨어져 틈이 생겼다.

가넷은 올드콘의 목소리를 듣고 화들짝 놀랐다. 지초지종을 들은 그는 무슨 꿍꿍이가 있는 것은 아닌지 우려했지만 의구심이 누그러지자 거리낌 없는 대화가 오갔다. 이를테면, 동지들의 죽음을 비롯하여 그들이 담당한 역할과 무죄로 방면될 가능성을 논하고 심문을 피해가는 최선의 방편 등을 궁리한 것이다. 아니나 다를까, 둘 사이의 대화는 밀실에 숨어있던 부관과 두 증인—솔즈베리 백작의 보좌관인 로커슨과 포셋—이 엿듣고 있었다. 윌리엄 와드 경은 필요한 정보를 모두 입수한 뒤 기록을 추밀원에 제출했다. 밝혀진 내용을 사제에게 직접 들려주자 둘은 내심 충격을 받았다. 물론 기록이 사실이라고는 인정하지 않았다.

한편, 두 사환—오웬과 챔버스—도 재차 심문을 받았다. 그들은 끝내 자백을 거부했다. 들보에 매달아 엄지손가락으로 체중을 지탱하게 해도 별 효과가 없자 둘은 다음날 고문실로 끌려갈 거라는 경고를 들었다. 결국 챔버스는 이실직고하려 했으나 오웬은 완강히 버티며 다시 감방에 투옥되었다. 입그리브가 평소처럼 저녁을 건넸다. 수프에 잘게 썬 고기가 몇 점 떠 있었다. 간수는 관행대로 날이 무딘 칼을 주었다. 빵 따위를 썰 때 쓰라고 둔 것이다. 칼을 쥔 오웬은 수프의 간을 보고는 수프가 너무 차니 좀 데워달라고 했다. 간수는 심기가 불편했지만 추레한 모습도 그렇고, 하도 간절히 원하는 듯해 마음이 동하고 말았다. 얼마 후 수프를 가지고 돌아온 입그리브는 감방 구석에 누워 있는 죄수를 발견했다. 신체 일부는 침상을 대신한 지푸라기 더미로 덮여 있었다.

"수프 가져 왔소. 뜨거울 때 잡수시구려. 더는 귀찮게 하지 않을 테니."

"이젠 먹지 않아도 될 듯하오." 오웬은 숨을 몰아쉬었다.

목소리에 놀란 입그리브가 등을 비추자 낯이 주검처럼 창백하고 바닥은 선혈이 낭자했다. 낌새를 챈 간수는 얼른 달려가 피로 얼룩진 짚을 걷어냈다. 손에 쥔 칼로 섬뜩한 상처를 냈던 것이다.

"칼을 쥔 당신을 믿은 내가 바보지!" 입그리브가 소리쳤다. "이걸로 치명상을 입힐 줄이야 … !"

"죽기를 작정한 사람이 뭣으로든 못하겠소? 일이 이렇게 되었으니 고문실로 끌고 가진 못하게 됐구려." 오웬은 승리감에 도취된 표정으로 생을 마감했다. 간수의 등골이 오싹해졌다.

올드콘과 애빙던은 우스터로 이송되었다. 여기서 올드콘 신부가 재판 후 죽임을 당했고 스티븐 리틀턴도 한시에 사형이 집행되었다.

3월 23일 금요일, 불리한 증거가 모두 입수된 가넷은 길드홀에서 대역죄로 기소되었다. 재판은 왕과 귀족(남녀를 불문하고)뿐 아니라 해외 대사들까지 참관할 만큼 관심이 대단했다. 가넷은 장장 13시간이나 지속된 재판 내내 앞선 심문 때와 같은 증언을 이어갔으나 애매한 변명은 거의 통하질 않았다. 마침내 가넷은 유죄판결을 받아 사형이 확정되었다.

사형집행은 연기되었다. 자신이 직접 죄를 시인하고 예수회 일당의 음모에 관련된 정보를 더 캐내 보겠다는 심산이었다. 심문이 지루하게 이어지자 엄숙한 분위기가 다소 느슨해졌다. 집행을 며칠 앞두고는 저명한 프로테스탄트(개신교) 성직자들이—채플 로열(왕실 성당)의 주임 사제인 몬터규 박사와 웨스트민스터 성당의 닐 박사 및 세인트폴 성당의 오버럴 박사—찾아오기도 했다. 이들과는 영적인 문제와 신앙에 대해 장시간 논쟁을 벌였다.

막바지에 접어들 무렵, 오버럴 박사가 물었다. "가넷, 사후에 로마 가톨릭이 당신을 순교자로 추앙하리라는 걸 예상은 하고 있겠지요?"

"난 순교자요!" 가넷은 처량하게 대꾸했다. "순교자가 아니면 무엇이란 말이오! 고해성사가 아니었다면 테러 음모를 전혀 몰랐을 내가, 오로지 가톨릭을 위해 죽음을 불사한다면 순교자의 반열에 들어도 합당하지 않겠소. 교회도 의당 날 칭송할 거요. 그런 측면에서 죄를 인정한다는 뜻이니 내게 언도된 법정의 판단을 부정하진 않겠소이다."

왕은 더 이상 캐널 정보가 없다는 판단에 5월 2일, 집행영장에 서명했다.

세인트폴 성당 서쪽 끝자락에 사형대가 세워졌다. 딕비를 비롯한 동지들이 죽임을 당한 곳이다. 그전처럼 대규모 인파가 몰려들자 혹시 모를 소요사태를 방지하기 위해 사전조치가 실시되었다. 한편 오버럴 박사와 웨스트민스터 사제가 사형대 위에서도 질의를 잇자 당하지 않아도 될 정신적 고통이 가중되었다. 그럼에도 신부는 침착하게 답변하며 의연한 자세를 잃지 않았다. 각오를 단단히 하고 사다리에 올라 군중을 향해 말문을 열었다.

"선한 가톨릭 신도들이 있으니 안심이 되는구려. 폐하를 상대로 꾀한 계략을 밝히지 않아 당신의 심기를 건드렸고 테러 계획을 막는 데 힘을 보태지 못해 비통할 따름이외다. 아울러 귀족 여러분께도 겸허히 청하건대 날 너무 박대하지는 마시오. 가톨릭 사람들이

나 때문에 부당한 대우를 받진 않을까 염려가 되니, 하느님이 보우하실 폐하에 대해 선동이나 반역을 일삼는 음모에는 가담하지 마시길 바라오!"

가넷 신부는 이마와 가슴에 십자성호를 긋고는 라틴어로 말을 이었다.

"성부와 성자와 성령의 이름으로, 자비하시고 은혜로우신 성모 마리아와 예수여! 어느덧 죽음의 시간이 왔사오니, 주여, 내 영혼을 당신의 손에 맡기나이다! 오, 진리이신 주여, 나를 구원하소서!" 그는 다시 십자를 그었다. "어디에 있든지 감동을 주는 십자가가 여러분의 마음속에 있기를 바라오!"

애절한 절규를 끝으로 그는 사다리에서 뛰어내렸다.

가넷은 생전에는 누릴 수 없었던 영예를 사후에 얻었다. 올드콘 신부와 함께 가톨릭 순교인 명부에 등재된 것이다. 예수회는 신부를 연상시키는 기적이 벌어졌다고 단언했다. 예컨대, 모어 신부는 그와 올드콘이 마지막에 머물렀던 헨들립 잔디밭에 "황제관 모양을 한 전대미문의 풀이 자랐는데 행인의 발에 밟히거나 소에게 먹히지도 않고 오랫동안 자리를 지켰다"고 밝혔다. 그가 순교했던 세인트폴 대성당 서쪽 끝에서 원유가 분출했다는 설도 있으나, 가장 특이한 전조는 가넷의 피가 묻은 지푸라기 모양이 사람의 얼굴 즉, 가넷 신부의 용모와 묘하게 닮았다는 엔대먼 조안네스의 주장이었다. '지푸라기의 기적the Miraculous Straw'은 해외에까지 전파되면서 살이 붙고

미화되기도 했지만 보편적인 사실로 인정되고 있으며 가넷 신부의 결백을 입증할 때 인용되곤 했다.

예수회에 헌신한 앤 복스는 혈육인 브룩스비 여사와 함께 플랑드르 수녀원에 정착했고 여기에서 생을 마쳤다.

잊으려야 잊을 수 없는 화약 테러 사건의 전말은 여기까지다. 로마 가톨릭은 구원을 기리는 마음으로 감사절을 지키고 있으며 거사가 발각된 날을 해마다 기념하기 위해 주모자인 가이 포크스를 인형으로 만들어 화톳불에 불사르고 있다.

- 3부 끝 -

가이 포크스 컨스피러시

발 행 인 유지훈
글 쓴 이 윌리엄 H. 아인스워드
삽   화 조지 크룩셍크
교정교열 편집팀
초 판 1쇄 발행 2022년 01월 15일
펴 낸 곳 투나미스
주   소 수원시 팔달구 정조로 735 베레슈트 3층
출판등록 2016년 6월 20일
주문전화 (031-244-8480)
팩   스 (031- 244-8480)
홈페이지 http://www.tunamis.co.kr
이 메 일 ouilove2@hanmail.net
I S B N 979-11-90847-18-6 (03840)
가   격 13,500원